여행하는 낱말

여행하는 낱말

박 로드리고 세희

굿간

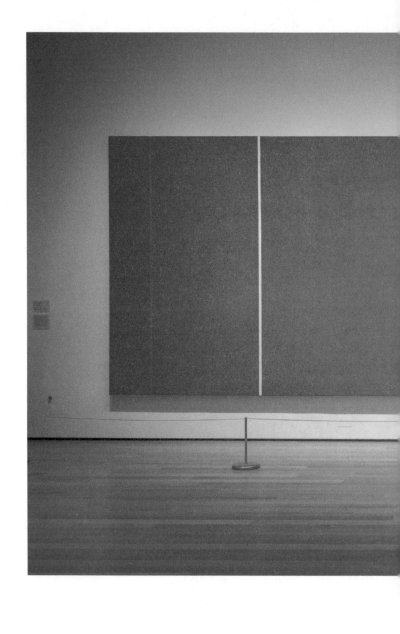

더 멀리, 경계를 지우기 위해

나는 이런저런 촬영을 하며 먹고 산다. 혼자서는 들기조차 힘든 육중한 카메라 장비를 스텝들의 도움을 받아 영화나 드라마를 찍기도 하고, 때로는 두엇이 운용하기 딱 맞춤인 소형 장비들로 다큐멘터리를 촬영하기도 한다. 그리고 가끔은 카메라와 렌즈 두어 개만 가지고 사진 찍는 일을 하기도 한다. 촬영마다 장비는 바뀌지만, 끝내 바뀌지 않는 것이 있다. 촬영하기 위해선 일단 길을 나서, 촬영지로 가야한다는 것. 그리고 일을 하지 않을 때면 어김없이 여행을 떠나기에, 평생을 거처나 정처가 따로 없이 살았다고 해도 과언이 아니다.

내 삶은 책상과는 거리가 멀기에 책상에 앉아 여행 에세이를 쓰는 시간은 일탈 비슷한 것이었다. 그러고 보니 여행이란 것 자체가 일상을 잠시 멈추고 일탈의 시간을 가지는 것이다. 일탈은 일상에 활력을 준다. 여행지의 허름한 게스트하우스에 틀어박혀 원고를 쓰기도 했고, 출장지의 호텔 라운지에서 쓰기도 했다. 비행기 안에서도 물론이고, 촬영 장비가 잔뜩 실려 있는 승합차 안에서 쓴 원고도 있다. 이처럼 끊임없이 어딘가를 다니며 살아온 게 몸에 익어서인지 쉬는 날 원고를 쓰게 되면, 부러 차를 몰아 근교를 다니며 카페에 자리를 잡고 쓰기도 했다. 글이 잘 안 풀리기라도 한다면 더 멀리 가야 했다. 평택이나 속초까지도. 그런 일탈의 시간이 모여 이렇게 책으로 나오게 되었으니, 만감이 교차한다는 말을 딱 이럴 때 쓰는 모양이다.

책으로 묶기 위해 그동안 쓴 원고를 모두 꺼내 읽어보았다.

여행지에 대한 얘기는 거의 없었다. 굳이 쓸 필요를 못 느꼈던 것 같다. 세상엔 이미 여행지에 대한 정보를 다루는 글이 넘쳐나니까. 인터넷 검색창에 도시 이름 하나만 쳐도 역사는 물론이고 필수 방문지, 맛집, 인생 사진을 건질 수 있는 장소, 심지어 택시 요금까지 깨알 같은 정보가 쏟아진다.

인터넷은 우리 삶의 전반적인 모습을 바꾸어 놓았는데, 여행의 풍속 또한 예외일 수 없어서 인터넷 없는 여행은 이제 상상하기 힘들다. 예전에는 여행을 가게 되면 가장 먼저 서점에 들러 가이드북을 사야 했지만 요즘엔 여행지에서 사용할 유심Usim을 먼저 알아본다. 구글맵이 있다면 여행지의 얽히고설킨 골목길에서도 길을 잃을 염려가 없고, 예약한 장소에 시간 맞춰 도착할 수 있는 교통수단과 소요시간까지 상세하게 알려준다. 파리를 여행하며 개선문과 퐁피두 센터에 대한 사전 지식이 없어도 걱정할 필요 없다. 그 앞에 서서 검색해도 늦지 않으니까. 즉석에서 연혁이나 건축 양식과 같은 정보가 줄줄 쏟아진다. 주변의 맛집까지 포함하여. 그저 인터넷과 함께 여행을 잘 즐기기만 하면 되는 여행의 호시절이다.

일본의 현대 철학자이자 논객인 '아즈마 히로키'는 『약한 연결 : 검색어를 찾는 여행』에서 여행이란 '검색어를 바꾸는 행위'라고 말한다. 인간은 환경의 산물이기 때문에 일상 속에 있을 때는 검색어 자체가 제한적일 수밖에 없다는 것이다. 그래서 여행을 통해 의도적으로 환경을 바꾸지 않고서는 새로운

검색어를 입력할 수 없다고 한다. 예를 들어 우리가 로마를 여행하지 않는다면 콜로세움, 판테온, 십자군 전쟁, 바티칸과 같은 검색어를 입력할 일이 얼마나 있겠는가. 검색어가 일상을 벗어나면 알게 되는 것이 많아지고 보이는 세계가 달라진다. 인터넷에 세상의 모든 정보가 있다곤 하지만 특정한 검색어를 입력해야만 내게 소용 있는 정보가 되기 때문이다. 검색창에 입력할 단어를 얻기 위해선 몸을 움직여 여행을 해야 한다. 아즈마 히로키는 책을 통해 제발 여행을 떠나라고 호소한다. 자아 찾기가 아닌 '새로운 검색어'를 찾기 위해, 더욱 깊숙하게 인터넷에 빠져 비로소 자신 앞에 놓인 현실을 바꾸기 위해. 그리고 아주 유효하고 중요한 충고도 잊지 않았다.

> **여행하면서 새로운 검색어를 손에 넣었을 때 그 자리에서 바로 검색할 수 있다는 점이 중요하다. '집에 돌아가면 다시 검색해야지'라는 생각은 금물이다. 검색할 리가 없으니까. (중략) 현지에서는 생각나는 것을 적극적으로 검색해서 그 자리에서 견문을 넓히자. 관광지에서는 고개를 수그리고 스마트 폰으로 검색하라.**
> – 아즈마 히로키, 『약한 연결 : 검색어를 찾는 여행』 중

나는 이처럼 새로운 검색어를 입력하기 위해, 지적 호기심을 채우기 위해 끊임없이 세계를 기웃거렸다. 이십여 년을 이어온 여행을 통해 조금씩 세상을 바라보는 주관을 가지게 되었고

가치관도 정립하게 되었다. 새로운 경험과 지식을 만나 새로운 삶의 태도를 가진다는 측면에서, 여행과 공부는 하나로 이어져 있었다. 나에게 여행은 학교였고 공부 그 자체였다. 학기마다 수백만 원씩 내야 하는 학자금이라 생각하고 아낌없이 여행을 다니며 청춘을 보냈다. 하지만 공부에는 끝이 없는 법. 그래서 중년이 되어가는 지금도 끊임없이 여행을 다닌다. 그리고 노년이 되면 더욱 열심히 다니리라 다짐을 한다.

평생 여행을 끌어안고 살기 위해선 여행이 이벤트가 아닌 지속 가능한 삶의 방식이 되어야 한다. 달리 말해 여행과 일상 사이에 놓인 경계를 지워야 하는 것이다. 서울에서 일상을 살면서도 때로는 여행하는 마음으로, 계절의 변화를 만끽하는 마음으로 여의도 벚꽃 나들이에 나서고, 가을엔 정동길도 걸어보아야 한다. 가끔은 대학로에서 연극 공연도 보고, 시립미술관에도 가보고, 북한산 백운대에도 올라보고. 반대로 여행지에서는 과도한 기대나 환상을 내려놓을 줄도 알아야 한다. 그저 일상 속 하루를 살아가듯이 가볍게 하루를 보낼 줄도 알아야 한다. 그러니 여행지에서 적당히 업무를 보는 것마저도 나는 찬성이다. 오전 내내 늦잠을 자는 것도 좋고, 밤늦게까지 소설을 읽는 것도 좋다. 여행지에서 시간을 허투루 쓴듯하여 당장엔 아까운 마음이 들지 모르겠지만, 평생을 여행자로 살아가고 싶다면 여행과 일상 사이에 놓인 경계를 지우는 것이 더욱 중요하므로.

이 책은 십년 남짓한 시간 동안 유럽과 북미 대륙을

오가며 떠올린 생각들을 풀어 낸 것이다. 출장도 더러 섞여있고, 여행으로는 일 년에 두어번 정도, 한 달씩 여행한 것이 평균값이다. 삶의 막간을 이용해 다녀왔기 때문에 여행지에서도 삶과 밀착된 생각을 많이 했던 것 같다. 여행을 하며 내가 읽은 세상과, 사진을 찍으며 느낀 것들을 책으로 내어놓자니 새로운 여행을 시작하는 것 같아서 마냥 기쁘고 설레인다.

우린 그 길에서 함께였지

나는 오랫동안 출장을 다녔다. 출장과 출장 사이엔 여행을 다녔으니, 내 일이란 옷 가방을 쌌다 풀기를 일 년 내내 반복하는 것이다. 함께 사는 친구도 같은 직업을 가져 서로 경쟁하듯이 집을 비운다. 어쩌다 운대가 잘 맞아 집에 머무는 시기가 같을 때면, 유난히 살갑다.

언젠가 지인이 기르는 고양이가 새끼를 여러 마리 낳았으니 한 마리 입양하기를 권한 적이 있었다. 우리집은 사람이 없는 경우가 많아 반려 동물을 기를 처지가 아니란 것을 잘 알았지만, 태어난 지 얼마 안 되어 꼼지락거리는 것 말고는 할 줄 아는 게 없는 새끼 고양이를 눈으로 보고 있자니, 마다할 재간이 없었다. 세상에서 가장 사랑스러운 생명체는 바로 나라는 듯이 어미 품에 웅크려 젖을 빠는 새끼 고양이 앞에서 내 이성은 마비되었다. 너무 어린 녀석이라 어미젖을 떼면 데려가기로 하고 돌아왔다. 오는 길에 내 이름을 따서 '세희 타이거', 줄여서 '세타'라는 이름을 지었고, 집에 와서는 맹렬하게 검색을 시작했다. 명분을 찾아야만 했다. 비어 있는 날이 많은 집에서 반려 동물을 기르는 노하우라든지, 죄책감을 덜어줄 구실이라든지 뭐든 찾아야 했다. 그러나 세상에 그런 방도는 없었다. 고양이를 입양하기로 했다는 소식을 SNS에 올렸더니 우리집 사정을 잘 아는 친구 몇이 격한 어조로 만류하는 댓글을 단 게 전부였다. 부끄러웠다. 곧장 전화해 입양을 철회했다.

반려 동물을 기른다는 것은 큰 책임이 따르는 일이었다. 검색의 결과가 확인 시켜주었다. 집 주인이 출근하고 빈집에 남게 된 반려 동물은 사람처럼 우울감에 시달리고 있었다.
얼마간 기르다 싫증이 나거나, 반려 동물을 기를 수 없는
집으로 이사 가게 된 주인들은 남몰래 개와 고양이를 버렸다.
버려진 동물들의 운명은 길가를 배회하다 차에 치여 죽거나
병들어 죽는 것이었고 운 좋게 구조되어 유기동물 보호소로
넘겨진다 해도 수용능력이 넘친 탓에 안락사를 맞이해야 했다.
우리 사회의 끔찍한 민낯이었다. 지금이 '반려동물의 시대'라고
하지만 그에 수반되어야 할 인식은 낮은 곳에 머물러 있었다.
나도 마찬가지였고.

　　반려의 뜻을 찾아보니 '짝이 되는 동무'라고 나온다.
유럽을 여행하다 보면 그들의 삶 속에 깊이 들어와 있는 반려
동물을 어렵지 않게 만난다. 스위스 취리히에서 어느 지하도
앞에 묶여 있는 견공을 보았는데, 그 모습이 너무나도 의연하고
외로운 기색이란 조금도 없었다. 하도 기특해 보여서 잠시
머물러 있었더니 몇 분 지나지 않아 저녁거리가 들었을 것으로
짐작되는 종이봉투를 안은 주인이 나타났다. 두어 번 꼬리를
흔들었나 싶은 사이 묶은 줄이 풀리고 그들은 총총거리며 길
끝으로 멀어져 갔다. 주인의 산책과 반려견의 산책이, 그리고
장보기가 한 데 어우러진 일상의 풍경이었다.

　　한번은 스페인의 어느 캠핑장에 머무를 때였다. 나란히
늘어선 캠퍼밴 사이에 세상에서 가장 팔자 좋은 견공이
드러누워 있었다. 너무나도 유혹적이어서 다가가 사진을 찍고
싶었다. 사방이 트인 캠핑장이라고는 하지만 프라이버시의

영역이 존재하는 곳이라 다가섬이 조심스러웠는데, 아니나
다를까 바깥의 기척에 주인이 나와 경계의 눈빛을 보냈다.
은퇴한 지 얼마 안 된 듯한 부부였다. 나는 자초지종을 설명했고
그들 부부도 '아들'이라 표현하는 그 녀석의 자태를 보고는
깔깔거리며 기분 좋게 밴으로 돌아갔다.

내가 본 반려견 가운데 가장 압도적인 만남은
알프스산맥의 오트루트에서였다. 겨울의 오트루트는 사람
키가 넘는 눈으로 덮이고 곳곳에 크레바스(빙하가 갈라져서
생긴 좁고 깊은 틈)가 숨어있어 산악스키가 아니면 갈 수 없는
곳이다. 산악스키는 보통의 스키와 달라 오르막길을 미끄러지지
않고 오를 수 있다. 보통은 일주일에 걸쳐 완주하게 되는
오트루트에는 최소한의 시설을 갖춘 산장이 하루에 하나 꼴로
나온다. 전기가 없는 건 물론이고 물이 부족해 샤워는 꿈도 못
꾼다. 설거지도 버거워 컵 하나로 물도 마시고 와인도 마시고
다음날 아침에 커피까지 마셔야 하는 곳이다. 체력적으로도
여간 힘든 게 아니다. 그 길을 반려견과 함께 여행하는 사람이
있었다. 험한 곳을 여행하게 되었으니 반려견을 전용 호텔이나
주변 사람에게 맡기는 게 아니라 함께 여행하기, 반려견도
여행할 권리가 있음을 증명하는 풍경이었다.

그 못지않은 만남이 산티아고 순례길에서도 있었다. 한
달이 넘게 걸리는 800km의 순례길을 말과 함께 가는 커플이
있었다. 말을 짐 운반을 위한 수단으로 사용하는 게 아니었다.
명백하게 말과 동행하고 있었다. 중동의 사막이나 히말라야

산맥을 여행할 때처럼 낙타나 야크 등에 먹거리와 생필품을
잔뜩 싣고 가는 게 아니었다. 딱 생존에 필요한 것만이
안장에 실려 있었고, 사람이 말에 타는 일도 없었다. 그들의
삶에서 반려 동물이 어떤 위상을 가지는 지 잘 알 수 있는
풍경들이었다.

　　지금의 나는 반려 동물을 기를 생각을 조금도 하지
않는다. 아쉽지만 내 삶이 그러하니 어쩔 수 없다. 집 앞 마당을
어슬렁거리는 길고양이 밥 주는 것으로 허전한 마음을 달랜다.
그 집 앞에서 어슬렁거리면 공짜로 밥을 준다는 사실을 눈치 챈
녀석들이 매일 저녁 찾아온다. 함께 사는 친구가 '떠돌지 말고
우리집에 들어와서 같이 살자'라고 부질없는 말을 흘려보기도
하지만, 그럴 수 없다는 것을 녀석들도, 우리도 잘 안다.
출장이나 여행을 마치고 집으로 돌아가면 그나마 오던 길고양이
녀석들도 제 살길을 찾아서 떠났는지 보이지 않는다. 매일
있어주지 못해서 미안한 마음과 녀석들이 오지 않아 쓸쓸한
마음이 한데서 맴돈다.

언제나 그곳은 평생 학교

독일 프랑크푸르트에 출장을 갔을 때였다. 오후 늦게 촬영이 시작되는 날이어서 커피 한 잔을 내려 마시고 아침 산책에 나섰다. 길고 깊은 햇살이 도시의 아침을 황금색으로 물들이고 있었다. 인구가 70만 명 남짓인 프랑크푸르트는 작은 도시면서도 유럽중앙은행이 있어 세계의 은행과 금융기관이 몰리는 큰 도시다. 또한 세계 최대 모터쇼가 열리는 자동차 산업의 메카로 불리는 곳이다. 마인강변을 따라서 걸어보니 한눈에 드러나는 사실이었다. 길가엔 아무렇지 않게 명품 차들이 줄줄이 주차해 있었고 유럽에서는 보기 드물게 고층빌딩으로 채워진 스카이라인이 있었다. 그러면서도 강의 남쪽은 유럽의 여느 도시처럼 개발을 제한해 오래된 도시의 운치를 가득 품고 있었다.

충만한 산책이었다. 프랑크푸르트가 마음에 들었다. 아침
햇살이 유난히 아름다웠고 오래된 것과 새로운 것의 균형미를
만날 수 있었으니. 그러나 무엇보다 인상적인 것은 블록을
하나 지날 때마다 나오는 크고 작은 미술관이었다. 유럽의
도시를 거닐다 보면 흔하게 마주치는 게 미술관이지만,
프랑크푸르트에는 유난했다(나중에 알게 된 사실인데 독일
사람들의 미술관 사랑은 유난했다. 전국 각지에 미술관이 6천
개가 넘는다고 한다). 참새가 방앗간을 그냥 지나갈 수 없지,
발길 닿는 미술관으로 들어갔다. 전시실에 들어서니 걸려 있는
작품보다 먼저 눈에 들어오는 것이 있었다. 한 무리의 사람들이
미술 수업을 듣고 있었는데, 학생들이 죄다 중장년층이었다.
선생님이 앞서 설명을 하고 학생들과 문답을 주고받는 수업의
분위기는 자유롭고 여유로워 보였다. 그야말로 일상과 미술이
가까이서 마주한 풍경이었다. 그날 산책에서 내가 만난 가장
아름다운 풍경은 머리가 희끗희끗한 그들의 뒷모습이었다.

　　문화란 상대적인 것이어서 우월하고 열등한 것이 따로
없다. 저마다 고유한 가치와 매력을 가졌을 뿐이다. 그럼에도
내가 우러러보는 단 하나는 서양의 미술관 문화다. 도시마다
중심가에 미술관을 여럿 두고 있는 건 우리도 매한가지인데,
미술관과 우리 마음의 거리는 사뭇 다르다. 학생들이 미술관
바닥에 둘러앉아 선생님과 묻고 답하며 견학하는 풍경을
보다가, 아이들의 열의가 높아서 놀란 적이 여러 번이다.
미술관을 제집 드나들 듯이 다닌 이력이 짐작됐다. 샤갈의 그림

앞에 드러누워 있는 아이에게 미술관은 놀이터와 다름없는 곳이고, 그 아이가 컸을 때는 미술관을 사랑방쯤으로 여길 것이다. 문턱이 낮은 미술관이 좋은 예술가와 수준 높은 관객을 끊임없이 재생산하고 있었다.

나는 영상을 촬영하거나 사진을 찍는 일을 해왔다. 업무를 위해 공부를 하다보면 시각예술 전반을 두루 살피게 된다. 그래서인지 내 일과 장르가 달라도 시각예술의 원류인 미술에 많은 관심을 둔다. 책에서만 보아오던 미술 작품을 직접 만나고 섭렵하는 것이 여행을 떠나는 커다란 동기부여가 되어 왔다.

18세기 전후에 유럽에선 '그랜드 투어'라는 것이 유행이었다. 유럽 문화의 근간을 이루는 고대 로마의 유적지와 르네상스 시대의 예술작품을 보기 위해 이탈리아로 여행을 가는 것이었다. 비행기나 철도가 없던 시절이어서 단숨에 이탈리아에 닿을 수 없었다. 짧게는 몇 개월, 길게는 몇 년 동안 수레를 타고 여러 나라를 거치며 세계를 이해하는 시야를 넓히고 예술을 대하는 안목을 높이는 게 그랜드 투어였다. 일종의 여행학교였다. 막대한 비용이 들었기 때문에 상류층 자제들의 전유물일 수밖에 없었고, 그들은 가정교사와 하인을 대동하고 여행에 나섰다. 그러나 19세기부터 열차 산업이 발달해 보다 많은 사람들이 여행할 수 있게 되면서 그랜드 투어라는 특별한 이름은 조금씩 희미해졌다.

오늘날에는 유명한 예술 작품을 만나는 일이 더 이상 특권층의 전유물이 아니다. 각 도시마다 여행 가이드북을 펼치면 너 나 할 것 없이 미술관을 중요하게 소개한다. '핵심 관광 코스'에서 빠지는 법이 없다. 그랜드 투어의 전통이 남아서일 것이다. 나 또한 여전히 미술관을 중심으로 여행을 시작한다. 그렇게 여행을 많이 다녔어도 낯선 도시에 처음 도착하면 막막함이 몰려온다. 가이드북에서 보았거나 검색을 통해 알게 된 명소가 어디에 위치했는지 알 수 없고, 지하철과 버스의 요금 체계도 모르고, 어디서 저렴하게 끼니를 때울 수 있는지 전혀 모른다. 그래서 배낭을 내려놓으면 첫 번째 일정으로 대표적인 미술관을 다녀오면서 도시와 나 사이의 거리를 조금씩 좁혀간다.

레오나르도 다빈치의 '모나리자'나 고흐의 '별이 빛나는 밤'같은 유명한 그림 앞에는 사진 한 장 남겨 가려는 사람들로 북새통을 이룬다. 작품의 유명세에 함몰되어 제대로 된 감상은 하지 않고 사진 찍기에만 급급한 게 아니냐는 비난도 만만치 않지만, 나는 그렇게라도 미술 작품을 만나야 한다고 생각한다. 미술관을 찾는 일이 모이고 모이다 보면 미술과 우리 사이의 거리도 좁혀질 것이다. 미술관을 찾는 횟수가 늘어갈수록 미술 작품을 보고 즐기는 안목도 깊어질 것이고. 과거의 그랜드 투어는 일생의 어느 특정한 기간을 할애해야 하는 것이었지만 오늘날의 그랜드 투어는 일생에 걸쳐 조금씩 완성해 나가야 하는 것이 되었다. 미술관은 언제나 그곳에 있는 평생의 학교다.

시간 위를 거닐다

에스토니아의 수도 탈린은 멀고도 낯설었다. 여행의 이정표 삼을 만한 특별한 무엇이 없었다. 파리 에펠탑이나 로마 콜로세움, 런던 빅벤처럼 그 도시를 친숙하게 여길만한 랜드마크 말이다. 그러나 지난겨울 한 달 간의 유럽 여행을 떠올리면 가장 먼저 생각나는 도시가 탈린이다. 탈린은 랜드마크를 섭렵하는 곳이 아니라 시간을 여행하는 곳이었다. 그 중 백미는 올드타운인데, 동화 속에서 불쑥 튀어나온 것 같은 파스텔 톤의 집들이 옹기종기 모여 있는 돌길을 거닐고 있으면 시간 위를 거니는 것 같은 기분이 들었다. 시대를 가늠할 수 없는 새로운 차원의 세계를 만난 것 같기도 했고, 중세를 배경으로 하는 거대한 영화 촬영장 속에 있는 것 같기도 했다. 중세와 현재가 한데 뒤엉켜 있는 탈린의 올드타운은 랜드마크가 없어도, 특별히 할 일이 없어도 마냥 좋았다. 오래된 도시의 속살을 헤집으며 온종일 골목길을 쏘다니는 것만으로도 탈린은 여행자를 매료시키기에 충분한 곳이었다.

오래된 도시들이 즐비한 유럽엔 올드타운이라 불리는 구시가를 잘 보존하고 있는 도시들이 많다. 근대에 이르러 도심에서 확장된 부분이거나, 아예 새롭게 구성된 도심 말고, 수백 년 전부터 있어왔던 오래된 도심을 지키고 보호하는 게 유럽의 보편적 정서다. 재개발과 난개발이 횡행하는 한국과는 사뭇 다르다. 대체로 한국 사람들은 오래되고 낡은 것을 새것으로 바꾸는데 열심인 반면, 유럽 사람들은 오래된 것을 더 좋아한다. 한국의 도로엔 오래되고 낡은 차가

드물다. 주기적으로 새 차로 바꾸기 때문이다. 그러나 유럽은
할아버지한테 물려받은 오래된 자동차가 자랑거리다. 유럽
도시하면 떠오르는 고풍스러운 이미지들은 대부분 올드타운에
속해있는 것들인데, 올드타운이 잘 정비된 곳은 여행지로서도
인기가 좋다. 최근에 불었던 크로아티아 여행 열풍의 실체는
두브로브니크의 올드타운이고, 한결같은 인기를 자랑하는
체코 여행 또한 프라하의 올드타운이 핵심이다. 올드타운은
그 도시의 정체성을 간직한 곳이고, 역사가 기록되어 있으며,
문화가 새겨진 곳이어서 단기간에 도시의 정수를 만나고 싶은
여행자 입장에서는 그저 감사할 따름이다.

폴란드의 수도 바르샤바는 올드타운을 얘기하면서 절대
빠트릴 수 없는 곳이다. 아마도 세상에서 가장 눈물겨운
올드타운일 것이다. 2차 대전이 끝을 향해 가고 있을 때, 나치에
점령당한 바르샤바에서 대대적인 봉기가 일어났다. 전쟁과
지배를 지속하려는 나치군의 광기 어린 제압은 바르샤바를
초토화 시켰는데, 폴란드의 국가 정체성을 말살하려는 악의에
가득 찬 파괴였다. 2차 대전이 끝난 후 폐허로 변해버린
바르샤바를 시민들은 결의에 차서 재건에 나섰다. 근대에
지어진 건물들이야 다시 지으면 그만이었지만, 수백 년 된
건물이 즐비했던 올드타운의 파괴는 뼈아픈 일이었다. 전쟁의
상처를 치유하기 위해 올드타운을 복원해야 했던 시민들은
수년에 걸쳐 벽돌 하나까지 철저한 고증을 거치며 원래의
시장, 주택, 성곽, 교회 등을 전쟁 이전과 똑같이 재건해냈다.
기어이 시간을 되돌려 놓은 것이다. 올드타운을 복원하는 것은
전쟁을 지우는 일이었다. 세계에서 가장 모범적인 재건 사례로
꼽히는 바르샤바의 올드타운은 다른 나라의 재건 사업에도
큰 영감을 주었고, 하나의 기준이 되었다. 지금의 바르샤바
올드타운의 전망대에 올라가면, '새로 만든 원래의 올드타운'이
한눈에 들어온다. 피와 땀과 눈물이 한데 얼룩진 재건의 풍경을
바라보고 있으면, 올드타운을 복원한 그때의 바르샤바 시민들이
함께 보이는 듯해서 저절로 숙연해진다.

　　탈린과 바르샤바의 올드타운, 두브로부니크와 프라하의
올드타운은 모두 유네스코가 지정한 세계유산이다. 사전을

찾아보니 세계 유산이란 '인류 전체를 위해 보호해야 할 현저한 보편적 가치가 있다고 인정한 유산'이라고 한다. 올드타운이란 인류 모두의 것인 셈이다. 과거에 살았던 사람들의 것일 뿐만 아니라 현재를 사는 사람들의 것이고, 미래를 살아갈 사람들의 것이기도 하다. 내가 살아가는 도시의 옛것을 지키고 가꾸는 일이란 그만큼 가치 있는 일이라는 것을 유네스코가 나서서 증명한다. 한국에 뉴타운은 넘쳐나도 올드타운이 없다는 것은 무척 안타까운 일이다.

이 올드타운처럼 살아갈 수 있을까. 내 삶을 그려보며 그 곁에 올드타운을 놓아본다. 나이든 사람을 뜻하는 말 중에 '노신사'라는 말이 있다. 노인에 신사라는 말이 더해진 말로, 멋있게 나이든 남자를 뜻한다. 노신사가 되려면 평소 쌓고 다듬어 온 교양이 있어야 한다. 세상의 여느 오래된 도시가 노인이라면, 올드타운은 노신사다. 어차피 나이를 먹어가야 하는 것이라면, 나는 올드타운을 닮은 노신사가 되고 싶다. 그러기 위해 먼 곳을 여행하고 또 여행하는 것이다. 교양을 체화하는 데는 여행만한 것이 없으므로. 여행과 올드타운과 노신사라는 단어를 입 속에 넣고 가만히 읊어본다.

유동하는 세계를 기념하는 방식

SNS는 여행의 풍경을 바꾸어 놓았다. 불과 몇 년 전만 해도 세계적인 명소를 방문한 여행자들은 '내가 여기 왔노라'는 증거를 남기기 위해 기념품 열쇠고리를 사야했고, 사진엽서를 지인들에게 보내야 했으며, 지나가는 사람에게 부탁해서 명소를 배경으로 기념사진을 찍곤 했었다. 그러나 요즘은 스마트폰으로 셀카 한 장을 찍어서 SNS에 올리는 것으로 충분하다.

나에게 명소란 애증의 대상이다. 이름난 여행지에서는 큰 감흥을 얻지 못하는 편이어서, 이름 없는 뒷골목을 헤집고 다니거나 허름한 펍을 기웃거리며 사람 구경하는 것을 더 좋아한다. 그렇다고 이스탄불에 갔는데 블루모스크를, 로마에 갔는데 트레비 분수를 아예 안 가고 무시해 버릴 만한 용기는 없다. 딱히 감흥이 없을 것을 뻔히 알면서도 '그래도 여기까지 왔는데'하는 소심한 마음으로 잠깐이라도 시간을 내서 들린다. 이왕 들렀으니 증거의 욕망이 발동하는 것은 나도 마찬가지여서 기어이 사진을 찍는다. 다만 내 셀카가 아니라 셀카 찍는 사람들을 찍는다. 명소를 영접하는 것보다, 명소에 온 것을 기념하는 세계인들의 표정과 몸짓을 보는 것이 훨씬 더 흥미롭다. 어차피 셀카 행렬을 피해 오롯이 명소만 찍는 일이 불가능하기도 하고, 그런 사진은 거리에서 파는 엽서에 널렸으니 애써 찍을 필요도 없다.

예전엔 없었던 셀카 풍경을 보면서 세월의 무상함을 느낀다. 나도 어느덧 오래된 여행자가 되어버렸구나. 세월은 여행 방법을 많이 바꾸어 놓았다. 20년 전 국경을 넘어 다니며

아시아 전역을 여행할 때였다. 중국에서 키르기스스탄으로 가기 위해 비자를 받아야 했는데, 키르기스스탄 대사관이 어디에 있는지 알 수 없었다. 중국은 영어를 거의 안 쓴다. 어지간한 외국어 상표조차 중국어도 바꾸어 쓴다. 코카콜라를 '커코우커러'라고 부르는데, 입이 시원하고 기분이 상쾌해 진다는 뜻이다. 이처럼 비슷한 음을 가진 단어를 뜻과 잘 조합해서 새로운 이름을 지어 버린다. IT 기업 애플을 중국말 그대로 사과를 뜻하는 '핑궈'라고 부를 정도다. 지명 또한 마찬가지여서 키르기스스탄을 중국에서는 뭐라고 부르는지부터 알아야 대사관을 찾을 수 있는데, 변방의 작은 나라를 아는 사람을 만나기가 어려웠다. 어렵사리 '지얼지스탄'이라고 한다는 것을 알아내는 데만 며칠이 걸렸고, 대사관의 위치를 알기까지는 더 오래 걸렸다. 지얼지스탄 대사관이 어디에 있는지 아는 북경 시민이 얼마나 되겠는가? 대부분의 서울 시민이 코트디부아르 대사관이 어디에 있는지 모르는 것처럼. 겨우 위치를 알아내 비싼 값을 치르며 택시를 대절해 갔지만 문이 닫혀 있었다. 이슬람 국가여서 금요일이 휴무라는 사실을 몰랐던 것이다. 토요일과 일요일은 중국의 휴일이라고 또 쉬었다. 다음 주 월요일 오후에 다시 갔더니 비자 접수는 오전에만 받는다는 것이다. 그래서 그 다음 날 오전에 겨우 접수를 마쳤고, 수령하기까지는 또 일주일을 기다려야 했다. 여행을 계속 해야 하나, 심각하게 고민될 정도로 비자 받기가 힘들었다. 요즘이라면 한국에서 쓰던 스마트폰을 그대로

해외 로밍해서 지도앱을 열고 검색하면 1초만에 결과가 나올 텐데 말이다.

여행 풍경이 이처럼 바뀌듯 세상 또한 계속 바뀐다. 나는 평생에 걸쳐 전 세계 모든 나라를 여행하는, 다소 허황된 꿈을 가지고 있다. 그럼에도 이 세계가 몇 개의 나라로 이루어져 있는지 알지 못한다. 대략 200개가 넘는다고 알려져 있는데, 제대로 된 통계는 드물고 그것마저 늘 변한다. 듣도 보도 못한 태평양의 섬나라도 많고, 새로운 나라가 수시로 생겨나기도 하고 독립 여부가 논란 중인 나라도 많다. 세상은 여전히 변화하며 서로 맞물려 흐른다. 세상 위에 얹힌 우리의 삶도 마찬가지다. 지금도 세계의 명소에 모여들어 열심히 셀카를 찍는 여행객들이여, 좋은 추억 많이 만들어 가시라. 여행이 그대들의 삶에 스며들어 더욱 달콤하며 여유로운 인생으로 흘러 흘러 가기를!

'아직—아닌'과 '이미—벌써' 사이

오랫동안 유럽과 미국에 가기를 바랐다. 소싯적의 나는
장르를 가리지 않고 예술 전반에 경도되어 있었는데, 내가
흠모하는 예술 작품은 대부분 유럽이나 미국에 있었다. 유명한
예술가들은 유럽이나 미국에 거주했고, 아니면 두 대륙에
거처를 두고 대서양을 넘나들며 작업을 했다. 유럽과 미국에서
빼어난 예술가들이 많이 배출되기도 했지만, 출생지가 그곳이
아니어도 세계 예술계에 이름이 알려지기 시작하면 어김없이
미국으로, 유럽으로 거주지를 옮기는 예술가들을 많이 봐왔다.
이란의 저명한 예술 영화 감독 '압바스 키아로스타미'도 파리에
거주하며, 한국의 사진가 '김아타'도 세계에 이름을 알림과
동시에 뉴욕으로 거처를 옮겼다. (지금은 한국에 돌아온 것으로
안다.) 아직 이름이 알려지지 않은 예술가 지망생들도 미국과
유럽의 몇몇 도시―특정하자면 뉴욕과 파리, 베를린, 요즘은
특히 브뤼셀로 몰려든다. 그들의 처지에 객지 생활이란 불
보듯 훤히 가난을 의미하는 것일 텐데도, '영끌'도 불사해가며
비행기에 몸을 싣는다. 예술과 관련된 배움의 기회도 많고
비슷한 처지의 동료들과 먼저 성공한 선배들이 많은,
예술이라는 젖과 꿀이 흐르는 약속의 땅을 향해.

　　십여년 전 나도 뉴욕행 비행기에 몸을 실을 뻔했으나, 비자
발행을 대행하는 업체에서 나 같은 조건―재산이 적고, 안정된
직장이 없으며, 결혼 하지 않은 사람―은 비자가 나오지 않는다
하여 좌절을 맛보기도 했다. 끝내 나는 순정 예술가가 되지
못했고 산업의 영역을 배회하는 촬영감독이 되었다. 예술을

사랑하는 마음과 관람하는 눈은 높았지만 예술을 만드는 손은
너무나도 낮았기에 그럴 수 밖에 없었으리라. 그래도 얼추
예술의 자장 안에 속해 있는 영화나 다큐멘터리를 만드는
일원이라는 것에 위로를 얻으며 살아간다. 그토록 바랐던
유럽과 미국은 여행으로 대신하며.

　　나는 여전히 뉴욕을 사랑한다. 일과 여행으로 여러
번 가봤어도 여전히 뉴욕이 그립다. 뉴욕을 다니는 데는
지하철만한 게 없다. 블록 단위로 워낙 촘촘하게 잘 연결되어
있어 교통 체증에 시달리는 도로로 다닐 필요가 없다. 그런데
뉴욕이 세계의 수도로 불리곤 하는 것을 믿을 수 없을 정도로
지하철 내부와 역사의 관리 상태는 엉망이다. 지하 계단을
내려가면서부터 스마트폰의 신호는 사라지고 플랫폼엔
구석마다 쓰레기가 나뒹군다. 걸인과 술 취한 사람들이 만든
악취에 찌들어 있고, 팔뚝만한 쥐가 출몰하기도 한다. 슬럼가의
풍경을 닮은 뉴욕의 지하철에 있으면 저절로 서울의 쾌적한
지하철에 감사한 마음이 인다. 그러나 뉴욕의 지하철에는
서울엔 없는 '치명적인' 것이 있으니, 바로 거리의 예술가들이다.
뉴욕의 지하철에선 무명의 예술가들이 펼치는 라이브 공연이
끊이질 않는다. 공연을 듣다가 지하철을 타고, 내리면 또 다른
누군가의 공연이 펼쳐진다. 커다란 클래식 기타, 콘트라베이스
정도는 기본이고 드럼 세트도 종종 보인다. 심지어 피아노를
옮겨와서 연주하는 이도 있다고 한다. 우연히, 때론 운명적으로
만나게 되는 거리의 예술가들은 뉴욕 지하철의 열악함을

대체하는 것은 물론, 더 이상 새로울 것이 없을 정도로 익숙한
뉴욕을 여전히 그립게 만드는 요소이다.

미국이나 유럽엔 사람들이 몰리는 곳이라면 거리의
예술가들이 흔하게 활동한다. 그들의 선율은, 그림은,
퍼포먼스는 시민과 여행자의 발길을 붙든다. 폴란드
바르샤바에서 보았던 부자父子 음악가가 유난히 기억에 남는다.
초등학생 정도로 보이는 아들이 바이올린을 연주하고 기타를 맨
아버지는 크리스마스를 맞이한 사람들에게 아리아를 선사하고
있었다. 연말의 여흥을 즐기기 위해 어딘가로 바삐 향하는
사람들은 하나같이 약속 시간에 임박했던 건지 좀처럼 멈추지
않고 지나쳤다. 하지만 아버지와 아들은 아랑곳하지 않았으며
지치지도 않고 몇 곡에 걸친 연주와 열창에 몰입했다. 관객이
적어도, 그만큼 수입이 적어도 노래할 수 있다는 것 자체가
부자에게 동기를 부여하고 있었다. 선율보다도 그 태도가
감동적이었다. 먼발치서 한참을 지켜보던 나는 발길을 돌리며
두둑한 관람료를 슬며시 내려놓았다.

로마에서 만났던 어느 퍼포머는 거리에서 비눗방울을
만들어 길 가던 사람들을 즐겁게 만들어 주었다. 그의 무대
한쪽에는 으레 그렇듯이 모금함이 있었는데, 솔직한 마음이
적혀 있었다. '돈을 주세요, 여행을 계속하고 싶습니다.' 나는
여행자 선배로서 그 마음이 잘 와 닿아 흔쾌히 관람료를
지불했다. 그리고 며칠 후 다른 장소에서 그 퍼포머를 다시
만나게 되었는데, 이번에는 실패한 예술가 선배로서, 후배

예술가가 빛을 보기를 바라는 애틋한 마음을 담아 또 한 번
관람료를 지불했다.

수년 전, 소설가 김영하와 평론가 조영일의 격렬한 논쟁이
있었다. 작가의 위치와 개념에 관한 것이었고, 논쟁의 시작은
'작가는 언제 작가가 되는가?'에 대한 것이었다. 둘의 논리는
워낙 첨예하게 상반되어 쉽게 한쪽으로 마음을 기울일 수
없었다. 그 논리를 단적으로 축약하자면 이렇다. 김영하는
작가가 되는 것은 등단을 통해 타인으로부터 인정받는 것이
아니라 자신이 스스로 부여하는 것이라고 했다. 스스로 작가라
여기며 글을 쓰고 있는 사람은 이미 작가라는 논지였다. 반면
조영일은 작가란 생계수단으로 글을 쓰는 사람이며 외부의
시스템이 그에게 작가의 자격을 부여해야 한다는 것이다. 둘
다 맞는 말이다. 그들의 팽팽한 논쟁은 끝없이 이어졌고 결국
김영하가 온라인상의 소통에 대한 염증을 드러내며 활동을
접어버리는 바람에 흐지부지 끝났다.

여행을 하며 거리의 예술가를 볼 때마다 김영하와
조영일의 작가 논쟁이 떠올랐다. 여러 번 작가 대신 예술가를
대입해 생각해보곤 했다. 예전에는 답에 이르기 어려웠지만
지금은 뚜렷하다. 길 위에서 자신의 예술을 선보이는 사람들,
관객이 많든 적든 아랑곳 않고 자신의 일에 몰입하는 사람들,
가난을 외투처럼 걸치고 길 위에서 벌어들이는 얼마간의 돈으로
삶과 예술을 영위해 나가는 사람들. 그들은 이미 예술가다. 달리
부를 수 있는 말이 없다. 유명과 무명으로 나뉘기는 하겠으나,

그들은 이미 자유롭고 선명한 예술가다. 나는 거리에 선 모든 예술가를 지지하고 사랑하지 않을 수 없다.

너의 이름은

비행기

한국은 섬과 다름없다. 유라시아 대륙의 동쪽 끝에 자리한 반도지만, 휴전선이 대륙과 연결되는 길을 막고 있다. 그래서 우리에겐 국경을 넘어 육로로 여행 한다는 감각 자체가 없다. 다른 나라로 여행을 가기 위해서는 필연적으로 비행기를 타야한다.

문재인 전 대통령과 김정은 위원장이 판문점에서 남북 정상회담을 하던 날, 내 오랜 연인이자 세상에 둘도 없는 여행 친구로부터 메시지가 왔다. 북한을 통과해서 오직 땅으로만 여행 하자는 제안이었다. 종전이 선언되고 남과 북이 서로 걸어 잠근 휴전선을 열어젖힌다면, 한국 사회는 전면적으로 새 국면을 맞이하게 될 것이다. 여행자의 입장에서 가장 먼저 실감할 수 있는 것은 국경을 넘어 다른 나라를 여행하는 환희일 것이다.

정상회담 다음 날, 어느 방송사의 메인 뉴스에서는 서울역에서 중국의 베이징까지 기차를 타고 가는 방법과 예상 요금, 소요 시간을 발 빠르게 보도하기도 했다. 베이징에서 다시 기차나 버스를 타고 러시아와 북유럽을 통과해 오로라가 펼쳐지는 북극권 일대까지 육로로 여행할 수도 있고, 중앙아시아와 중동을 통과해 유럽 대륙의 끝인 포르투갈의 호카곶에 닿을 수도 있다. 세상의 끝이라 불리는 호카곶을 비행기 한 번 타지 않고 기차, 버스, 자전거 등을 이용해 육로로만 갈 수 있는 것이다. 심지어는 걸어서도 가능하다. (프랑스인 퇴직 교사 '베르나르 올리비에'는 이스탄불에서 중국의 서안까지 실크로드 12,000km를 걸어서 여행했다.)
중동에서 방향을 남쪽으로 틀면 이집트를 지나 아프리카 대륙을
종단해 남아공의 희망봉까지 갈 수도 있다. 대항해시대 해류와
맞바람의 역경을 뚫고 '바스코 다 가마'가 희망봉을 넘어서며
인도항로 개척에 성공한 역사의 현장을 비행기가 아닌 육로로
도달한다면 감동은 배가될 게 분명하다.

하지만 국경을 넘어 땅으로 여행하기까지는 한참을
더 기다려야 할 것이다. 여행을 가기 위해선 우리는 여전히
비행기를 타야 한다. 육로 국경이 열리는 것을 떠나, 세상엔
비행기를 타야만 닿을 수 있는 여행지가 많다. 알래스카의
북극권 설산을 여행하기 위해 경비행기 택시를 탄 적이 있다.
알래스카는 눈이 많이 와 도로가 묻히기 일쑤라 경비행기가
자가용이나 택시로 이용되고 있었다. 아라비아반도에 위치한
사우디아라비아는 관광비자를 발급하지 않아 여행자가 방문할
수 없기 때문에 주변국인 아랍에미리트, 쿠웨이트, 오만 등에
가려면 비행기를 타야만 한다. 동남아시아의 이름난 휴양지인
발리, 푸껫, 세부 등은 모두 섬이어서 비행기를 타야만 갈 수
있다.

앞으로도 비행기는 변함없이 우리에게 여행의 설렘을
안겨다 줄 것이다. 여행자들은 태평양과 인도양 상공에서
구름에 둘러 싸여 몇 시간 후 도착하게 될 여행지를 상상하며
설레는 손끝으로 여행책을 넘길 것이고, 공항에 착륙하기 전
비행기의 작은 창 너머로 보게 되는 풍경으로 여행지와 첫

만남을 가지게 될 것이다. 그리고 귀국길에 국적기라도 타게 된다면, 비행기를 타는 순간 이미 한국에 돌아온 것과 다름없는 안온함을 누릴 것이다. 이렇듯 여행은 비행기로 시작해서 비행기로 끝난다. 여행을 즐겨하는 사람이라면 비행기에 대한 애정과 감사한 마음을 감출 수 없을 것이다.

비행기

비행기

비행기

비행기

취향으로 가꾼 정원

패션계에서 마케팅 일을 하는 실장과 미팅을 해야 했는데, 서로 시간을 맞추기가 쉽지 않았다. 결국 실장이 크게 양보해 내 편의대로 시간을 정했고, 나는 답례로 장소를 정하시라고 했다. 그녀의 사무실로 찾아 갈 요량이었다. 그러나 실장이 보내 온 약속 장소는 뜻밖에도 정동길의 작은 카페였다. 그녀와 나 사이의 중간 어디쯤이라고 할 수 없는 위치였고, 정동길이란 사람이 걷기에는 좋을지 몰라도 차를 대기에는 무척 나쁜 곳이었으니 의아했다. 합리적이지 못한 약속 장소를 향해 결국 차를 두고 지하철에 몸을 실었다.

시청역 계단을 빠져나오는 중에 우연히 실장과 마주쳐 함께 정동길을 걸었다. 그녀가 말했다.

"가끔 정동길이 걷고 싶어서 일부러 이쪽으로 약속을 잡고는 해요. 이럴 때 아니면 나와보기도 힘들잖아요."

"덕분에 저도 바람 쐬어서 좋네요. 오랜만에 지하철도 타고요."

마음에도 없는 소리로 응대하며 카페에 도착했다. 테이블 몇 개가 놓인 테라스가 있는 조용한 카페였다. 테라스에 앉기엔 조금 쌀쌀한 날씨였지만 실장은 따로 묻지 않고 테라스에 자리를 잡았다. 지하철을 타고 약속 장소까지 걸어가는 것도 오랜만이었지만 카페의 테라스에 앉기는 더욱 오랜만이었다. 미세먼지와 소음이 가득한 서울에서 테라스는 잠시 걸터앉는 곳이지, 앉아서 시간을 보낼 만한 곳은 아니었다. 길을 걷고 카페의 테라스에 앉아 누군가와 이야기를 나눈다는 것이

서울에서도 가능한 일이었구나, 새삼스러웠다. 그날 점심은
나에게 잠시나마 서울을 여행하는 기분을 안겨주었다.

유럽이나 북미에서는 실내보다 테라스 자리가 훨씬
인기가 좋다. 그곳 사람들은 추운 겨울에도 외투를 입은 채
테라스에 앉기를 더 즐겨하고, 더운 날에도 에어컨 바람으로
채워진 실내 보다 차양막 아래 그늘에서 천천히 땀을 식히며
간간히 불어오는 바람을 맞는 것을 더 즐겨한다. 나 또한
유럽이나 북미를 여행할 때면 테라스에 앉아 커피를 마시며
여행의 피로를 녹이며 쉬어간다. 길가에 면한 작은 가게에서
샌드위치를 사서 현지인들과 함께 광장에 앉아 점심을 먹는
것도 빈번하고, 해가 저물면 테라스에 앉아 두어 잔의 맥주를
마시며 하루를 마감하는 것 또한 무척 중요한 여행 일과다. 애써
기억을 더듬어보아도 구태여 답답한 실내를 찾아 들어간 적이
없다. 나 또한 테라스를 사랑하기는 그곳 사람들 못지않은데, 왜
서울에서는 테라스가 그렇게 생경했던 걸까?

테라스는 야외이면서도 실내를 연장하는 완충지대다.
야외의 개방감과 실내의 안정감을 동시에 느낄 수 있는
곳이어서 건축적 백미로 통한다. 사람들은 전통적으로 이러한
완충지대를 선호해 왔다. 그것은 어느 한 지역에 국한되는
취향이 아닌 인류의 보편 정서다. 한옥도 그러한 건축적
완충지대를 가진다. 처마가 대표적이다. 딱히 건축적 기능이
없는 듯하지만, 처마는 엄연히 바깥 영역이면서도 적당한
그늘을 만들며 직사광선을 차단하고 눈과 비를 막아주어 안과

밖의 경계를 흐릿하게 만든다. 그리고 대청마루도 지붕이 있어 실내이면서도 벽이 트여 바람과 소리가 자유롭게 드나드는 야외이기도하다. 테라스나 대청마루 같은 건축적 완충지대를 선호하기는 유럽 사람이나 한국 사람이나 다르지 않지만, 지금 우리네 삶에는 이러한 완충지대가 지워지고 없다. 매연과 소음이 도시를 뒤덮어버린지 오래여서 '바깥'이란 피해야 하는 곳이 되었고 최근엔 미세먼지가 기승을 부려 더더욱 혐오스러운 곳이 되어버렸다. 고도의 개발 사회를 살아가기는 유럽과 북미도 마찬가지인데, 그들은 여전히 테라스를 삶 속에 두고 있으나 우리는 그렇지 못하다.

나는 여행 같은 일상, 일상 같은 여행을 좇는다. 여행과 일상의 경계를 지우는 일이 나의 오래된 모토이니, 내가 가진 테라스 취향을 한국에서도 누릴 수 있기를 바란다. 선거철이 되면 대부분의 후보들이 핵심 공약으로 미세먼지 문제 해결을 내세운다. 시민들의 '숨 쉴 권리'는 환경 뿐 아니라 생활 정치에서 중요한 이슈가 되었다. 해결방법이 제각각이긴 하나, 어쨌든 큰 문제 인식엔 정치권과 국민 모두가 공감하고 있다. 환경 문제는 정치 이념 너머의 일이고, 행정 경계를 초월한 일이다. 선거에 승리한 이가 이쪽이든 저쪽이든, 행정 경계에 갇히지 말고 환경 문제에 모두가 동참할 수 있는 정책을 펼치기를 바란다. 공해 문제를 거론하자면 나 또한 결백하지 못하지만, 나와 같은 보통 시민들까지 아우르는 지혜를 기다려본다. 내가 사는 도시를 여행하는 마음으로 일상을 살고 싶으므로.

테라스

테라스

쌍둥이의 이름 :
여행Travel과 고난Travail

7말 8초. 전 국민이 약속이라도 한 듯 휴가를 보내는 7월 말과 8월 초를 이르는 말이다. 휴가를 즐기는 방법은 제각각이라 더위를 피해 더 더운 동남아로 피서를 가는 사람도 있고, 멀리 가지 않고 집 근처의 호텔을 예약해 고급침구에 누워 푹 쉬고, 호텔에 딸린 수영장 선베드에 드러누워 생과일주스를 마시며 쉬고 또 쉬는 '호캉스'를 선택하는 사람도 있다.

여행은 어딘가로 떠나는 것에 방점을 두고 있지만 머물러 쉬는 것 또한 중요한 속성이다. 떠나고 머무르는 여행의 쾌감을 동시에 충족시키는 탁월한 방법이 캠핑이다. 텐트를 설치하고 침구류를 깔고 물을 떠와 코펠에 밥을 짓는 일은 번거롭고 힘들어도 보람과 재미가 커서 그러한 불편을 상쇄하고 남는다. 이번 계절에도 나는 다큐멘터리를 촬영해야 하기에 휴가나 캠핑은 언감생심이다. 그래도 내겐 떠올리는 것만으로도 더위를 견뎌낼 막강한 캠핑에 관한 추억이 몇 개 있다.

스페인의 산티아고 순례길 800km를 연인과 함께 자전거로 여행 했었다. 도보 여행으로 잘 알려진 순례길인데, 의외로 15%의 순례자들이 자전거를 선택한다고 한다. 우리도 적당한 무게의 배낭을 메고 '알베르게'라 불리는 순례자 숙소에 묵으며 도보 여행을 할 수도 있었지만, 오붓한 시간에 굶주린 터라 캠핑을 선택했다. 캠핑 살림을 싣고 다니자면 자전거가 나았다. 순례길을 자동차로 여행하고 싶지는 않았으므로.

스페인의 5월을 관통하며 한 달 동안 산티아고 순례길을 달리고 머물렀다. 포장된 도로도 간간히 나왔지만 대부분이 산길이거나 비포장길이어서 쉽지 않은 여정이었다. 자전거에서 내려 끌고 가야하는 일이 빈번했고 길을 잃어 헤매기도 했으며 비를 쫄딱 맞기도 했었다. 체력적으로, 정신적으로 부침이 많은 여정이었다. 며칠간 시행착오를 겪었던 우리는 무리해서 달리지 않기로 했다. 800km는 멀고 긴 길이니까. 서너 시가 되면 자전거를 멈추고 텐트를 쳐서 보금자리를 만들어 쉬었다. 숨을 돌리고 나면 저녁을 지어 체력을 보충하는 데 공을 들였다. 잘 먹어야만 잘 달릴 수 있었다. 저녁을 먹고 설거지를 마쳐야 비로소 일과가 끝났다. 스페인의 5월은 해가 길었다. 잠자리를 마련하고 장을 보고, 식재료를 다듬어 음식을 짓고 갈무리하기까지 한참이 걸렸지만 여전히 해가 남아 있었다. 하루를 마친 우리는 싸구려 와인을 마시며 해가 산 너머로, 혹은 평야 너머로 꼴깍 넘어가는 짧은 순간의 선물 같은 절경을 매일같이 감상했다. 알뜰하게 하루를 살아낸 사람만이 누릴 수 있는 감사한 시간이었다. 먹고 자는 일을 스스로 해낸 것에 대한 성취감이 몰려왔다. 우리는 그렇게 성취감을 조금씩 쌓으며 산티아고 순례길의 종착점인 대성당에 닿았다. 산티아고 캠핑 여행은 나에게 종교적 의미를 초월한 순례길이 되어 평생을 두고 들추어 볼 추억이 되었다.

111

캠핑에 얽힌 추억을 얘기하자면 알래스카 데날리산에 갔던 여행
또한 빼 놓을 수 없다. 데날리산은 북극권에 속해 있어 겨울에
가는 것은 엄두도 못 내고, 여름에는 눈사태의 위험이 커서
봄이나 가을의 짧은 기간에 한정해서 다녀올 수 있다. 사방이
만년설로 덮혀 있어 생명체라고는 눈을 씻어도 찾을 수 없었고,
고생을 사서 하는 어리석은 등산객 몇 명만 설원 위에 점점이
박혀 있을 뿐이다.

데날리는 보름 일정으로 다녀오는 게 보통인데 산에서
먹고 자는데 필요한 것을 썰매에 실어 사람이 끌고 가야한다.
(휴대용 변기를 포함하여!) 내 짐을 다른이가 대신 끌어주지
않는다. 산 위에서 힘들기는 모두가 마찬가지니까. 빙하와
눈밖에 없는 데날리는 건축물을 세울 수 있는 땅이 아니다.
오두막 하나 없는 곳에서 캠핑이라는 방식을 취하지 않고는
만날 수 없는 대자연 그 자체. 세속의 욕심을 내려놓고 생존에
필요한 것으로만 썰매를 꾸려도 보름치 식량과 조난에 대비한
여분의 식량, 영하 20도를 넘나드는 추위를 버틸 방한 장비의
무게가 만만치 않았다. 좀처럼 앞으로 내딛어지지 않는 무거운
발걸음을 질질 끌며 하루 동안 가야할 거리를 겨우 채우고
나면 녹초가 되었다. 그러나 휴식은 엄두도 못낼 소리였다.
동상에 걸릴지도 모르는 강추위 때문에 장갑을 벗지도 못하고
텐트를 쳐야했고, 어른 한 사람이 지내면 딱 좋을 텐트에 장정
셋이 누워야 했다. 물을 만들기 위해 눈을 삽으로 퍼서 모아야
했는데 삽질 백 번으로 모은 눈을 녹이면 겨우 물 한 병을 만들

수 있었다. 일행 다섯 중에 내가 막내여서 삽질을 담당했었는데, 음식을 데우고 몸을 녹이려면 천 번에 가까운 삽질을 매일 해야 했다. 물론 내가 삽질하는 동안 형들 또한 각자 맡은 역할로 분주했다. 음식은 죄다 건조식량을 불려 먹는 것들이라 맛있게 넘어가질 않았다. 밤엔 기온이 영하 30도까지 떨어졌고 아침에 눈을 뜰 때마다 살아있다는 것에 감사했다. 정말 살아있는지 확인하기 위해 일부러 몸을 움직여 보기도 했다. 데날리산에 있는 동안엔 그렇게 힘들었지만 시간이 흐른 지금은 잊을 수 없는 추억으로 남았다.

여행Travel의 어원은 고난Travail이다. 여행은 결국 고생을 사서 하는 일이다. 집 떠나 낯선 곳을 다녀오는 일 자체에 이미 고난이 있는데, 먹거리와 잠자리를 스스로 해결해야하는 캠핑의 고난은 오죽하랴. 실제로 산티아고 순례길 자전거 여행의 막바지엔 과로 탓으로 원형탈모가 생기기도 했었다. 고난도 고난 나름이라, 군대를 다시 가라고 하면 죽어도 못 간다 하겠지만, 산티아고든 데날리든 캠핑 여행을 다시 가라고 하면 당장에 짐을 꾸릴 것이다.

사진을 찍지 않는

가십 기사를 하나 보았다. 로마 '트레비 분수'에서 사진 찍기 좋은 명당을 차지하려고 여행객끼리 난투극을 벌였다는 내용이었다. 두 여행객의 언쟁으로 시작된 다툼이 동행들 여럿이 뒤엉켜 주먹이 오가는 큰 싸움으로 번졌고, 현지의 경찰이 개입해 다들 연행됐다고 한다. 나는 고개를 주억거리며 기사를 읽었다. 거기라면, 그럴 만도 하지. 그곳은 세계에서 가장 유명한 분수일 것이다. 바로크 양식의 마지막 걸작으로 일컬어지는 트레비 분수는 그리스 신화에서 바다의 신 '넵튠'을 형상화한 조각상들이 어우러진 아름다운 분수다. 트레비 분수를 등지고 돌아서서 동전을 한 번 던지면 다시 로마에 올 수 있고, 두 번 던지면 연인과 사랑이 이루어진다는 속설을 품고 있어 로마를 찾은 방문객은 한번쯤 들리게 되는 명소다. 〈로마의 휴일〉에서 '오드리 햅번'도 동전을 던진 곳이니 오죽하랴.

　　처음 트레비 분수를 방문했을 때, 나는 그 위용에 놀라 입을 딱 벌리고 한참을 서 있어야만 했다. 거대하고 아름다운 분수의 고고한 자태 때문만은 아니었다. 분수대에 면한 작은 광장에 가득 차 있는 인파에 놀라서였다. 전 세계에서 몰려든 사람들로 발 디딜 틈조차 없이 문전성시를 이루었고 분수대 안에는 형형색색의 동전들이 반짝이며 가득 차 있었다. 트레비 분수는 실로 대단한 인기를 누리는 슈퍼스타였다. 그리고 그 슈퍼스타를 친견하러 온 사람들은 당연하게도 제각각 카메라를 한 대씩 들고 있었다. 전문가용의 크고 무거운 카메라든, 여행하며 들고 다니기에 좋은 콤팩트한 카메라든, 아니면 그냥

스마트폰에 달린 카메라든.

　이름난 여행지라면 카메라를 든 여행객들로 항상 붐빈다. 언젠가 뉴욕에 출장을 갔을 때 잠깐 여유가 생겨 '뉴욕 현대 미술관'을 방문했었다. 인상파에서부터 다다이즘까지 근.현대 미술의 걸작이 즐비하기로 유명한 미술관이었다. 작품을 다 보기엔 시간이 모자랐으니 가장 애타게 보고 싶었던 고흐의 '별이 빛나는 밤'에서부터 관람을 시작해 시간이 되는 만큼만 나머지 작품을 보고 나올 심산이었다. 매표소에 줄을 서서 기다리며 뉴욕에 미술 유학 중이던 친구에게 전화해 물었다. 고흐 그림이 미술관 어디에 걸려 있냐고. 친구는 '푸하하' 웃음을 터트리더니 아주 시시하게 말해주었다. 그러나 정확한 답변이었다.

　"5층이 인상파 작품들 모아놓은 곳이야. 거기에 가면 사람들이 유난하게 몰려있는 곳이 있을 거야. 그냥 5층에 도착하면 딱 느껴질 거야."

　그랬다. 5층에 갔더니 멀리서도 바로 알아챌 수 있었다. 고흐가 자살하기 1년 전에 남긴 걸작, 당시 불안정한 정신 상태가 그대로 화폭에 투영되어 있는 '별이 빛나는 밤'은 이미 카메라를 든 여행자들에게 빼곡히 둘러싸여 있었다.

　모두가 사진사인 시대다. 집집마다 장롱 속에 필름 카메라 한 대를 고이 모셔두었던 것이 그다지 오래된 추억이 아닌데, 요즘은 한 집에 카메라 여러 대가 마구마구 넘쳐난다. 우리 모두의 주머니 속에 들어 있는 스마트폰만 해도 매우 훌륭한

카메라 아니던가. (나는 영상과 사진을 업으로 삼은 사람이라, 고가의 장비를 다루기도 하지만 스마트폰 카메라의 성능을 매우 신뢰한다.) 카메라가 그렇게 흔해져서인지 사진을 찍는 일이 더 이상 특별한 일이 아닌 시절이다.

최근에 출판사와 미팅을 가졌다. 무동력 운송 수단인 카약, 자전거, 산악스키로 극한 지역을 여행한 경험을 책으로 내기 위해서였다. 출판사 대표는 나에게 충격적인 제안을 했다. 사진을 싣지 말고 일러스트레이션으로 대체하자는 것이다. 나는 사진사인데. 아찔한 소리였다. 내 정체성이 송두리째 흔들렸다. 그러나 대표의 논리는 아주 설득력이 있었다.

"요즘은 너무나도 많은 사람들이 사진을 찍기 때문에, SNS를 조금만 들여다봐도 여행 사진이 넘쳐나요. 이제는 사진이 여행의 차별점이 될 수 없어요."

결국 출판사 대표의 말에 홀려 계약서에 사인을 하고 말았다. 사실은 오래전부터 생각해 오던 일이었다. 사진을 찍지 않는 사진사 말이다.

나는 3년 동안 아시아 전역을 여행한 일이 있는데, 그때는 한창 젊었을 때라 전문가용의 묵직한 카메라 두 대를 메고 다녔고, 혹시나 현지에서 필름을 구하지 못할까봐 배낭에는 항상 100개가 넘는 필름이 들어 있었다. 카메라는 이만저만한 짐이 아니었으나 어쩔 수 없는 사진사의 숙명쯤으로 여겼다. 그러나 그것은 욕심일 뿐이었다. 카메라가 좋다고 좋은 사진이 나오는 것이 아니다. 사진 찍는 사람의 태도가 좋은 사진을 만든다. 그리고 좋은 사진이 좋은 여행을 증명하는 것도 아니다. 오랫동안 여행을 하고 사진을 찍어온 끝에 깨달은 것들이다.

유럽과 북미를 중점적으로 여행하는 최근의 나는 무거운 카메라를 내려놓고 일반인들이 쓰는 콤팩트한 카메라 두 대를 가지고 다닌다. 카메라의 무게와 여행의 즐거움은 반비례한다. 성능이 전문가용만 못하니 아쉬운 순간들이 많긴 해도, 줄어든 카메라의 무게만큼 여행에 더욱 충실할 수 있으니 손해 보는 일은 아니다. 그까짓 사진 좀 못 찍었으면 어떤가. 욕심을 내려놓는 일이란 참 만만치 않아서, 콤팩트한 카메라라고는 하지만 여전히 두 대를 쓴다. 훗날 남미를 여행할 때는 딱 스마트폰만 들고서 여행하려고 한다. 가벼움이 가져다 줄 여행의 환희를 생각만 해도 짜릿하다. 그리고 또 그 다음에 아프리카를 여행할 때는 스마트폰마저 내려놓고 노트와 펜을 들고 다니며 글만 쓰고자 한다. 카메라를 내려놓고 완전한 여행의 자유를 만나는 일. 그것이 사진사인 나의 꿈이다.

우리 모두 빚지고 있습니다

어느 겨울, 나는 유럽의 동쪽을 유랑하고 있었다.

크리스마스에는 루마니아의 수도 부쿠레슈티에 머물게 됐는데, 동방 정교회가 국교인 나라답게 온 도시가 성탄 축제 분위기로 들떠 있었다. 그 시기의 유럽은 전역이 그러하니 특별할 것이 없는 풍경이었다. 그러나 부쿠레슈티의 크리스마스 풍경 중에서 여행자의 눈길을 사로잡는 것이 있었는데, 도시 곳곳에 마련되어 있는 추모 공간이었다. 시청을 비롯한 도시 거점 몇 곳에는 제법 위세를 갖추어 마련되어 있었고, 변두리 지하철역 같은 곳에는 한 귀퉁이에 놓인 촛불 몇 개와 꽃다발 몇 개가 전부인 채로 소소하게 마련되어 있었다. 사람들은 종종 걸음으로 바삐 지나가면서도 잠깐 멈춰 서서 죽은 누군가를 그리워하는 일을 잊지 않았다. 성탄 전후에 그러하기 마련인 들뜬 분위기와 추모하는 차분한 분위기가 묘하게 공존하고 있었다.

　루마니아는 독재자 '차우세스쿠'의 오랜 독재에 항거한 시민혁명이 있었던 나라다. 사회주의의 몰락과 궤를 같이하는 혁명이었으니 30년 정도 밖에 안 된 일이다. 차우세스쿠는 탐욕스럽고 잔인한 지도자였다. 국민이 겪는 가난은 외면한 채 자신이 지낼 거대한 궁전을 짓고 온갖 사치품으로 안을 채웠다. 그 궁전은 미국의 국방부 건물 펜타곤 다음으로 세계에서 두 번째로 큰 건물이라고 한다. 차우세스쿠는 시위하는 시민들을 향해 발포를 명령했고, 국민과 군인들이 죽어나가는 격랑 속에서 가족과 함께 탈출을 시도하다 결국 시위대에

체포되었다. 시위대는 며칠 지나지 않아 독재자를 처형했다. 독재자의 죽음과 함께 혁명은 막을 내렸다. 수많은 사람들의 희생을 안고.

'차우셰스쿠 궁전'은 시민의 품으로 돌아왔다. 궁전 앞 광장 한 가운데는 커다란 크리스마스 마켓이 차려져 있었다. 명절을 즐기러 나온 시민들로 가득한 광장 너머로 오래전 독재자의 추악한 욕망으로 세워진 궁전이 보였다. 지금은 국회의사당으로 쓰인다고 한다. 한다. 루마니아의 현대사를 되짚으며 광장을 산책하던 내가 확인할 수 있었던 풍경은, 지금 부쿠레슈티의 주인은 시민들이라는 것이다. 다행이었다. 나는 홀로 안도했다. 도시 곳곳에서 추모하던 사람들 중에는 그들의 가족이었고 친구였을, 시민혁명 중에 희생당한 이들이 포함되어 있었을 것이다. 지금의 평화롭고 자유로운 루마니아는 그냥 이루어진 것이 아니었다. 더 나은 세상을 위해 몸을 바쳤던 희생자들에게 빚을 진 것이었다.

모든 나라가 사회적 부채를 가지고 있다. 이를테면 프랑스의 드높은 평등과 박애주의는 68혁명의 희생자들을 거름으로 한 것이기에 지금에 이른 것이고, 한국만 해도 억압과 부조리에 항거해 온 일련의 시민 운동에서 수많은 사람들이 희생을 치렀기 때문에 이만큼의 민주주의와 경제성장을 이룬 것이다. 내가 세상 이곳저곳을 여행하며 다니는 자유를 누리는 것 또한 한국 사회의 지난 세대들에게 일정 부분 빚을 지고 있다는 것을 잘 안다. 여행을 하며 다양한 층위의 사회를 넘나들다 보니 저절로 깨달은 일이다.

부쿠레슈티의 명절 풍경과 사회적 부채를 문득 떠올린 데는 한 통의 문자 메시지 때문이었다. '날씨가 서늘해졌다. 추석 때 다녀가도록 노력해라. 성묘를 해야 복을 받는다!!!' 추석을 한참 앞둔 어느 날 아버지로부터 온 문자 메시지였다. 나는 뜨끔했다. 아버지와 나는 만났을 때 제법 살갑기는 하지만, 일 년에 한두 번 겨우 만난다. 평소에 메시지는 전혀 주고받지 않고, 가끔 통화를 할 때도 충분히 대화를 나눈 뒤 더 이상 할 얘기가 없어서 끊고 보면 통화시간이 채 일 분을 넘기지 않아 살짝 당황하곤 한다. 아버지와 내가 나고 자란 곳이 부산이어서 핏속에 무뚝뚝함이 흐르는 모양이다.

서울로 거처를 옮겨 촬영 일을 한지 이십 년 남짓한 동안 나는 한 번도 명절에 고향을 가지 않았다. 객지 생활 초반에는 생활고 때문에 쉬이 내려가지 못했던 것이고 나중에는 유독 명절에 촬영 일정이 잡혀서 그랬다. 영화나 드라마를 하나 촬영하기 위해서는 몇 개월이 걸리는데, 그 사이에 명절이 포함되면 촬영장을 벗어나 고향에 다녀오기가 만만치 않은 일이었다. 그리고 혹여나 명절이 있는 기간에 촬영이 없다고 해도, 나는 여지없이 어딘가를 여행하고 있었다. (물론 부모님께는 해외출장을 간다고 둘러댔다.) 젊고 철없을 적에 그랬던 것인데, 그것이 습관이 된 것인지 나는 여태 명절에 '없는' 아들이 된 것이다. 평소엔 메시지를 보내지도 않는 무뚝뚝한 아버지가 느낌표를 세 개씩이나 동원해서 보낸

부채감

난데없는 메시지 안엔 그간 드러내지 않은 서운한 마음이 절절했다. 성묘를 해야 복을 받는다니, 너무나도 오랫동안 잊고 있었던 '성묘'라는 단어가 내 안에서 맴돌았다. 묵혀두었던 미안한 마음이 폭풍처럼 일었다. 아버지는 몸에 배인 유교적 가치관 안에서 성묘를 얘기한 것일 테지만, 그것이 나에게는 나중 세대가 지난 세대에게 진 빚을 갚는 일과 궤를 같이하는 것으로 들렸다.

나는 아버지에게 진 빚이 많다. 명절에 항상 부재했던 아들의 빚과 지난 세대의 희생과 헌신을 자양분삼아 안위를 누리는 나중 세대의 빚. 그럼에도 나는 어쩔 수 없는 회신을 보내야 했다. '아버지 죄송해요. 지금 드라마 촬영 중이어서 이번에도 못 내려가요.' 그리고 메시지에 담지는 않았지만 마음으로 굳게 다짐했다. 이번 드라마가 크랭크업을 하면 다음날 곧장 차를 몰아 아버지에게 진 빚을 갚으러 가야지라고.

부체감

139

삶과 여행의 거리를
지우는 운동

한 번 여행했던 곳은 좀처럼 다시 찾지 않는 편이다. 두 번 세
번 반복해서 여행해도 좋은 곳들이 세상에는 많다. 나도 잘
안다. 하지만 나는 대체로 새로운 장소에 마음을 뺏기고 만다.
여행했던 곳을 다시 여행하는 낭만도 누리고 가보지 못한
미지의 세계도 골고루 여행하면 참 좋으련만, 여행할 수 있는
시간은 제한되어 있고 세상엔 가보지 못한 곳은 너무너무 많다.
그래서 그리운 마음은 잠시 접어두고 항상 새로운 여행지를
선택하게 된다. 내가 그리워하는 곳을 여행으로 다시 만나진
못해도, 운 좋게 출장이라도 가게 되기를 바란다. 내가 거닐던
뒷골목을 다시 걷는 일, 허름한 어떤 식당에서 그때 먹었던
음식의 맛을 기억하며 다시 먹는 일, 그대로인 듯한 도시의
풍경을 세심하게 들추어가며 작은 변화를 짚어내는 것 또한
미지의 세계를 여행하는 것만큼이나 근사한 일이라는 것을 잘
알기 때문이다.

　　편력으로 점철된 내 여행에서 이례적으로 다시 찾아
여행한 곳이 있다. 튀르키예의 수도 이스탄불이다. 이스탄불은
로마 제국 수도인 콘스탄티노플로 천 년 가까이 위세를 누렸고
후에는 오스만 투르크 제국의 중심 도시로서 여전한 위세를
누렸던 도시다. 그래서 지금 이스탄불엔 그리스도교를 근간으로
하는 로마 제국의 유적과 이슬람교를 근간으로 하는 오스만
제국의 유적이 한데 뒤섞여 남아있다. 두 제국은 천 년이라는
시간차를 두고 흥망성쇠를 겪었고 풍토 자체가 완전히 달랐다.
그래서 이스탄불 여행은 도시에 새겨진 중첩된 시간을 여행하는

일이다. 중세 로마와 근대의 오스만, 그리고 현대 튀르키예까지.

이스탄불 여행의 백미는 '아야 소피아'일 것이다. 비잔틴 건축의 대표적 걸작으로 꼽히는 아야 소피아는 로마 제국 시절 그리스도교의 성당으로 지어졌으나 오스만 제국에 점령당한 뒤로는 증축을 거쳐 이슬람교의 모스크로 사용되었다. 그리고 지금은 박물관이 되었다. 비잔틴 건축의 특징이란 건물 외부 보단 내부의 장식에 치중하는 것이어서 성당의 내부는 화려한 모자이크 성화로 가득했다. 그러나 이것은 이슬람 풍속에 반하는 것이었다. 하지만 오스만 제국의 지도자들은 이교도의 아름다운 성소를 파괴하는 대신 내부에 회칠을 하여 성화를 가리고 외부에는 이슬람 건축의 특징인 첨탑을 추가로 세워 모스크로 사용하게 했다. 최고의 모스크를 의미하는 네 개의 첨탑을 세웠음은 물론이다. 종교를 초월해 관용의 미학을 품은 아야 소피아는 현대 튀르키예의 아버지라 불리는 아타튀르크에 의해 다시금 박물관으로 변용되었다. 지금은 내부의 회칠을 모두 벗겨내어 성화를 감상할 수 있다. 종교의 경계를 지우고 두 제국의 시간이 겹쳐있는 아야 소피아는 여행자에게 더 없이 감사한 유산이다.

경계

이스탄불에 겹쳐 있는 것은 시간만이 아니다. 이스탄불은 유럽 대륙과 아시아 대륙에 걸쳐 있다. 튀르키예는 정치적으로는 유럽에 속해 있지만 지리적으로는 영토 대부분이 아시아에 속한다. 유럽과 아시아를 나누는 것이 보스포러스 해협인데 이스탄불은 이 해협의 양쪽을 함께 품고 있다. 즉 유럽과 아시아에 걸쳐 있는 대륙의 경계도시인 거다. 여기서 말하는 경계란 두 세계의 중첩을 의미하기도 한다. 그것이 바로 내가 이스탄불을 다시 찾아 여행하게 된 까닭이다.

경계

경계

경계

경계

나는 20대 시절 여행에 매료되어 빈번하게 여행을 다녔다. 그때야 주머니 사정이 넉넉지 않았으니 주로 가까운 동아시아 일대를 다녔는데, 매번 여행을 갈 때마다 항공사에 갖다 바치는 돈이 아까워 죽을 지경이었다. 그래서 묘안이라고 떠올린 게 찔끔찔끔 여행을 다니지 않고 한 번 떠나서 아시아의 모든 곳을 여행하고 돌아오는 것이었다. 결과적으로는 2년이 걸린 여행이었는데, 아시아 대륙의 대장정 출발점이 바로 이스탄불이었다. 이스탄불에서 시작해 아라비아 반도, 서아시아, 중앙아시아, 동남아시아를 두루두루 섭렵하며 수십 개의 국경을 넘어 집으로 돌아왔다. 국경이라는 경계를 넘는 일은 때때로 고단했지만 그것을 넘고 보면 과연 그 실체가 무엇인지 허망하기 짝이 없는 것이었다. 국경이란 눈에 보이지도 않고 실재하지도 않는 가상의 경계니까. 나에게 여행이란 결국 경계를 몸으로 넘으며 집으로 돌아오는 일이었다.

그렇게 아시아 여행을 마친 후, 요즘의 나는 유럽을 여행 중이다. 한 번에 긴 시간을 내지는 못하고 일 년에 두어 번씩 짧게 다녀가기를 수년째 하고 있다. 이스탄불은 아시아 여행 때 이미 다녀갔으니 유럽 여행을 한다고 해서 꼭 다시 다녀가야 하는 건 아니었지만, 대륙이 중첩되어 있고 제국의 영광이 중첩되어 있는 이스탄불을 다시 여행하면 내 여행의 시간도 중첩될 것이었다. 그러다보면 지난 아시아 여행과 지금 유럽 여행의 경계도 지워져서 나는 그때나 지금이나 그저 여행하고

있는 사람이 된다.

유럽에 처음 발을 디딘 것은 영국 런던이었다. 아시아 여행을 마치고 현업에 복귀한 후 어느 자동차 회사의 광고를 촬영하기 위해 출장을 간 것이다. 새로운 대륙의 대장정을 알리는 서막이었다. 촬영 장소를 찾기 위해 런던의 명소를 돌아다니며 답사를 했고, 일을 마친 후 저녁이면 미술관을 찾아 머리를 식혀가며 다음 날의 일을 구상했다. 해외 출장에서는 보통 예비일을 둔다. 날씨를 비롯해 예상하지 못한 현지의 여러 문제에 대처하기 위한 여분의 일정이다. 촬영을 무사히 잘 마치면 예비일은 각자의 몫이 된다. 누군가는 호텔에서 휴식을 취하기도 하고 쇼핑을 다니기도 하지만 나에게 예비일은 온전히 여행할 수 있는 시간이다. 나에게 출장은 여행과 매우 비슷하다. 촬영장으로 출근하는 길에 창밖으로 흐르는 풍경이 한국이 아니라는 것만해도 이미 여행 아니겠는가.

나에게 여행이란 세상의 모든 경계를 넘나들며 지우는 일이다. 몸으로 국경을 넘는 것은 물론이고 대륙의 경계까지 지우는 것, 도시에 중첩되어 있는 시간의 경계를 넘나드는 것, 일과 여행의 경계를 지우는 것, 그리고 마지막으론 삶과 여행 사이를 가르고 있는 보이지 않는 경계를 지워내는 것에 이르고 싶다.

경계

153

우리 모두에겐 각자의
'성지'가 있다

'성지'란 종교의 역사 안에서 특별한 의미를 가지는 유적을 말한다. 사람들은 성지를 순례하며 그들 각자의 종교가 가지는 의미를 돌이켜보고 스스로 신앙을 다지는 시간을 가진다. 우리에게 익숙한 '산티아고 순례길'은 예수의 열두 제자 중 하나였던 야고보의 무덤이 있는 곳으로 참배하러 가는 기독교의 대표적인 순례다. 불교에서는 석가모니가 태어난 곳인 인도의 '룸비니', 성불한 장소인 '부다가야'가 대표적인 성지고, 이슬람교에선 창시자인 무함마드가 태어난 곳인 사우디아라비아의 '메카'를 최고의 성지로 여긴다. (이슬람교에서는 이교도의 성지 출입을 엄격히 제한한다. '메카'로부터 사방 100km가 성역으로 지정되어 근처에는 얼씬도 할 수 없다. 가볼 수 없어서 아주 슬프다.)

성지순례

나는 신앙심이라곤 눈꼽만큼도 없는 사람이지만 종교 자체에는
관심이 많아 여러 성지를 여행했다. 프랑스의 사회학자 에밀
뒤르캠에 의하면 우리가 '신'이라고 믿는 것은 실은 '사회'다.
종교는 그 사회가 도달해야 할 궁극적인 이로움을 좇는다.
그래서 신의 이름을 빌려 사회 구성원의 공동체 윤리를
계율로서 다스린다. 저마다가 섬기는 종교에서 성지를 만들고
순례 여행을 권하는 것은 그만큼 여행이 사회를 이롭게 하는
지점이 많기 때문일 것이다.

　　사연이 복잡한 성지도 있다. 이스라엘의 수도 예루살렘의
한 성전을 두고, 유대교에서는 솔로몬 왕이 세운 최초의
성전터로 삼아 '템플 마운트'라 부르고 이슬람교에서는
무함마드가 유일신 알라에게 승천한 곳으로 삼아 '하람 알
샤리프'라고 부른다. 거룩한 성지에서 두 종교인들이 평화롭게
지내면 참 좋으련만, 종종 방화를 비롯한 유혈 사태가 벌어지며
서로를 향해 칼날을 세우며 첨예하게 대립한다. 단순히 지구
위의 어느 한 장소를 차지하는 일에 지나는 것이 아닌 까닭이다.
종교 대립을 넘어 이스라엘과 팔레스타인이 대립해온 역사는
국가 분쟁의 뇌관이자, 기독교로 대표되는 서양 세계와 이슬람
세계 사이의 갈등과 대치가 얽혀 언제라도 터질 수 있는
시한폭탄과 같은 대립이 지속되는 세계 분쟁사의 축약판이다.
이처럼 종교란 결국 사람 사이에 일어나는 일이고 세상
안에서 발생하는 일이기에 공부거리를 찾아 세상 밖으로 나선
여행자에게 성지는 종교를 가리지 말고 가 보아야 할 여행지다.

성지는 넓은 의미로 거룩하고 성스러운 세상의 모든 지점을 뜻한다. 우리 모두에게는 각자가 품은 성지가 있다. 죽기 전에 가보기를 꿈꾸는 곳, 이미 가보았어도 다시 가서 보고 느끼고 배우고 싶은 곳. 종교 이외에도 우리네 삶과 가치관에 크나큰 영향을 미치는 역사적 유적이나 위인들, 선지자들은 헤아릴 수 없이 많으니까. 이를테면 건축학도에겐 바르셀로나에 가서 사그라다 파밀리아 성당을 비롯한 가우디 건축을 친견하는 것이 성지 순례가 될 것이고, 클래식 음악가에게는 쇼팽의 심장이 지하 묘지에 안치된 바르샤바 성 십자가 성당이 성지일 것이며, 문학 청년들에게는 헤밍웨이가 머물며 소설을 썼던 스위스 레만호수가 성지가 되기에 충분할 것이다.

성지를 순례하는 여행자는 가슴 뭉클한 감동을 얻고 그것은 곧 감화로 이어진다. 그리고 일상으로 돌아와 여행에서 얻은 긍정 에너지를 조금씩 삶에 녹여가며 지난한 날들을 견디며 크고 작은 것들을 성취해 낼 것이다. 그 성취가 발판이 되어 또 다른 여행을 떠날 수 있는 계기가 만들어지고, 다시 여행은 삶을 조금 더 윤택하게 만드는 에너지를 제공할 것이다. 여행은 금세 끝나지만 삶은 오래 지속된다. 나는 여행이야말로 소시민이 삶을 감당해 내는 가장 탁월한 방법이라고 생각한다. 수많은 여행 중에서 성지 순례만큼 우리 삶에 곧장 힘을 발휘하는 것이 또 어디에 있을까.

종교가 없는 나에게 성지는 프랑스 파리다. 10대 후반에 영화에 이끌렸던 나는 청춘을 영화에 바쳤다고 해도 과언이

아니다. 영화를 만나면서 세상을 향해 눈 뜨게 됐고, 영화로 알게 된 세계의 면면을 몸으로 만나기 위해 여행을 다녔다. 좋아하는 영화는 수십 번 보게 마련인데, 그중 하나가 프랑스 영화 〈퐁네프의 연인들〉이었다. 파리의 세느강에 놓인 퐁네프 다리가 배경이었고 내가 영화를 만드는 일원이 되는 데 결정적인 역할을 한 영화였다. 그리고 영화라는 매체는 뤼미에르 형제가 파리의 어느 카페에서 〈기차의 도착〉이란 짧은 필름을 상연한 데서 기원한다. 뿐만 아니라 파리엔 세계 최고의 영화 관련 시설인 '시네마테크 프랑세즈'가 있다. 이곳엔 예술영화 상영관은 물론이고 영화 박물관과 도서관을 비롯해 영화와 관련된 각종 자료들이 소장되어 있다. 그러니 파리는 나에게 성지가 되기에 충분한 곳이다.

성지순례

지금 사랑하고 있나요?

폴란드 바르샤바를 떠나는 날이었다. 다음 여정의 도시로 가기 위해 공항버스 정류장에 갔다. 그곳엔 바르샤바를 떠나는 사람들이 여럿 나와 있었다. 버스가 들어오자 나를 비롯해 사람들은 일사불란하게 여행 가방을 짐칸에 넣고 각자 취향에 맞는 자리를 골라 앉았다. 버스가 출발하려면 조금 더 기다려야했다. 나는 잠시 내렸다. 바르샤바에서 보낸 일주일 남짓한 여행이 정말로 좋았었기에 떠나는 것이 유난히 아쉬워서였다.

바람 잘 날 없었던 폴란드의 역사와 고락을 함께 해 온 바르샤바는 빈번한 침탈과 전쟁과 거치며 폐허로 변한 도시를 재건하기를 반복해 온 곳이었다. 그중에서도 2차 대전의 상흔은 치명적인 것이어서 도시 8할이 파괴되었고, 전후에는 구소련의 사회주의 체제 영향권 아래에 놓이게 되었다. 그렇게 질곡과 단절을 겪었으면서도 지금은 동유럽의 문화 중심지가 되어 세련된 감각이 넘실대는 도시가 되었다. 바로 그 지점이다. 내가 바르샤바에 매혹된 것은. 고풍스러운 미적 기반 위에 현대적으로 재건된 도회적 아름다움은 마치 파리와 뉴욕을 포개 놓은 것 같아 클래식과 모던이 조화를 이룬다.

영
이

버스에서 내려 바르샤바의 마지막 풍경을 눈에 담는데, 그
풍경 속엔 한 연인이 있었다. 남자는 바르샤바를 떠나기 위해,
여자는 남자를 배웅하기 위해 나온 모양이었다. 남자는 어디로
떠나며, 얼마나 헤어져 있어야 하는 것일까? 여자는 하염없이
울었다. 남자는 그녀를 안아주고 속삭이며 달랬다. 그래도
여자는 계속 울었다. 그들은 긴 키스를 나누며 당분간 마지막이
될 둘만의 시간을 달콤하게 물들였다. 나도 바르샤바를 떠나는
아쉬움이 가득하긴 했지만 그들이 뿜어내는 아쉬움에는 비할
바가 아니었다. 더구나 바르샤바를 떠나는 나만 아쉬웠지,
떠나는 나를 아쉬워하는 사람은 바르샤바엔 아무도 없었다.
그것은 여행자의 숙명이건만, 그런 생각에 이르자 조금
쓸쓸해졌다. 저렇게 애절한 마음으로 누군가를 배웅한 적이
언제가 마지막이었던가 싶기도 했고, 서울에 남겨진 내 연인이
떠오르기도 했고.

　　세계 곳곳엔 '사랑의 자물쇠'로 유명한 장소가 여럿 있다.
뉴욕의 브루클린 다리, 프랑크푸르트의 아이제르너 다리,
파리의 퐁데자르 다리를 비롯해 너무나도 많은 장소에서
다발적으로 나타나는 풍습이어서 원조가 어디인지 명확하게
밝히기도 어렵다. 연인들은 이러한 명소를 찾아 각자의 이름을
새긴 자물쇠를 매달고 열쇠는 없앤다. 이제 열 수 없게 된
자물쇠처럼 서로의 마음을 걸어 잠그고 영원히 사랑하자는
의미를 담은 작은 퍼포먼스인 셈이다.

　　서울에도 그러한 명소가 있다. 남산에 위치한 서울타워엔

유럽의 여느 명소 못지않게 사랑의 자물쇠로 가득하다.

처음엔 타워 주변의 철제 난간을 조금씩 잠식하던 자물쇠들이 기하급수적으로 늘어나 더 이상 자물쇠를 걸 수 없게 되자, 아예 따로 전용 공간을 만들어 자물쇠를 걸 수 있게 해 놓았다. 연인들이 채워놓은 자물쇠 수만 개가 모여 흡사 현대미술 작품처럼 보이기도 한 터라 서울타워는 연인들에게 손꼽히는 데이트 명소가 되었다.

그렇다고 사랑의 자물쇠가 순기능만 있는 것은 아니다. 미관상 좋지 않다는 의견도 많고 도시의 재산이자 유산인 구조물을 보존하는데 방해가 되기도 한다는 것이다. 파리의 퐁데자르 다리의 경우 늘어만 가는 사랑의 자물쇠 수십만 개의 무게를 견디지 못하고 다리 난간 일부가 무너지는 아찔한 사고가 있었다. 그래서 지금은 기존의 자물쇠를 철거해 다른 곳으로 옮겼고, 다리 난간에는 자물쇠를 걸 수 없게 플라스틱 패널로 막아 놓았다. 그러한 조치가 연인들의 열망을 막을 수는 없다. 원래는 파리의 센강에 놓인 수많은 다리 중 퐁데자르 다리에만 한정되었던 것이 지금은 주변의 여러 다리로 옮겨져 사랑의 서약은 여전히 진행 중이다.

연인이 꼭 함께 그곳을 찾지 않아도 서약은 이루어진다. 매일 매순간을 기록하고 공유하는 온라인 시대 아니던가. 퐁데자르와 이웃한 다리에서 본 풍경이다. 한 남자가 혼자서 자물쇠를 매달고 여자 친구와 영상 통화를 하고 있었다. 사랑의 서약은 네트워크를 동원해서 이루어지고 있었다. 바르샤바를

떠나는 남자의 목적지가 어디인지 끝내 물어보지는 못했지만,
그가 도착한 도시에도 분명 사랑의 자물쇠 명소가 있을 것이고
그도 자물쇠를 걸어 연인에게 영상 전화를 할지도 모른다.
화면 너머의 여자는 환한 웃음을 짓거나 감동하여 또 다시
눈물을 짓거나 하겠지. 만약 사랑의 자물쇠를 걸어둘 만한
명소가 없다면, 마땅한 장소를 찾아 그의 자물쇠가 훗날 명소가
될 그곳의 첫 번째 자물쇠가 되기를, 공항버스가 떠나야하는
마지막 순간까지 포옹을 풀지 않는 커플을 바라보며 가만히
바랐다.

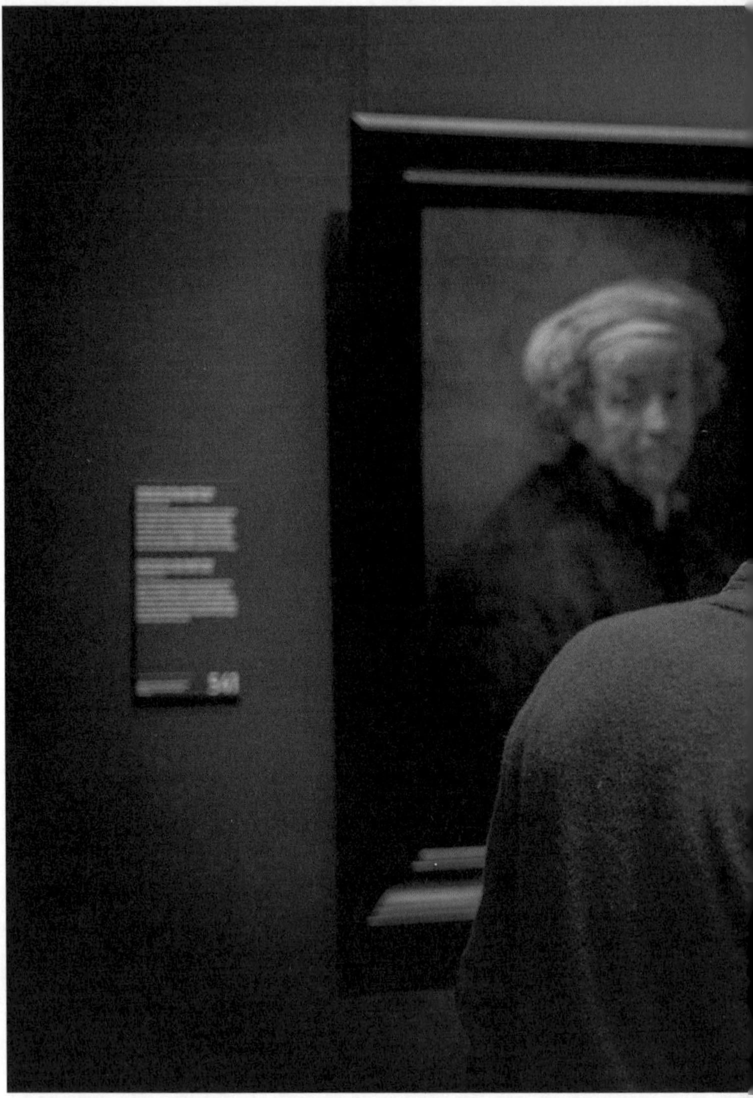

연인

곁에

곁에 꼭 커피를 둔다. 글쓰기든 촬영이든 생산적인 작업을 할 때면. 카페인이 집중력을 높여주기 때문이다. 그리고 컵에 든 뜨거운 커피 온도를 손으로 느끼며 코를 거쳐 입으로 가져가 조금씩 마시는 행위는 긴장을 푸는 데 도움을 준다. 커피 한 모금을 마시는 일에는 각성과 이완이 함께 한다. 각성의 힘으로 두어 문장 쓰고 나서 커피 한 모금 마시며 숨을 고르고 이완한다. 그러고는 다음 문장을 쓴다. 혹은 썼던 문장 몇 개를 지우거나. 촬영할 때도 마찬가지다. 한 장면 찍고 나면 가장 먼저 커피를 담은 텀블러부터 찾는다. 커피 한두 모금을 마시며 지난 장면을 점검하고 다음 장면을 구상하는 것이다.

카페가 흔하지 않은 나라로 출장 갈 때면 드리퍼, 프렌치 프레스, 모카 포트를 비롯해 커피를 만드는 온갖 도구와 원두를 챙겨간다. 극단적으로 짐을 줄여야 하는 탐험여행에서도 커피만큼은 포기하는 법이 없다. 무슨 유난인가 싶겠지만, 일종의 생존 본능이다. 나에게 커피는 기호식품을 넘어 필수품이 되어버렸으니까. 그런 내가 커피를 마시기 시작한 건 몇 년 되지 않은 일이다. 주변에 프랜차이즈 카페가 우후죽순으로 생겨나기 시작한 후에도 한참동안 커피에 맛을 들이지 못했다. 가끔 마실 일이 생기면, 이렇게 쓴 것을 왜 마시나 싶어서 시럽을 듬뿍 뿌려서 마시곤 했다. 그랬던 내가 처음으로 커피 맛에 눈을 뜨게 된 것은 이탈리아 출장에서였다. 드라마 촬영을 위해 이탈리아 북부의 산간 지방을 가게 되었는데, 말도 못하게 빡빡한 촬영 일정이어서 딴짓할 틈이

커피

없었고 산간 지방이다 보니 딴짓할 거리 자체가 없었다. 내가
이탈리아에 와 있다는 것을 느낄 수가 없을 정도였는데, 단
하나의 예외가 있었다. 바로 '카페 마키아토.'

이탈리아 사람들 일상에서 커피는 떼려야 뗄 수 없다.
바Bar라고 부르는 작은 카페가 골목마다 있어서 사람들은
하루에도 몇 번씩 에스프레소를 마시며 잠깐의 휴식을 즐겼다.
에스프레소가 양이 적긴 하지만, 그냥 선 자리에서 추릅,
추르릅 두세 모금 나눠서 마시고 끝내는 것이다. 홀로 온
사람도, 친구와 함께 온 사람도 그렇게 마시면서 대화를 조금
나누고는 가게를 나섰다. 바에 서서 1유로 전후하는 커피를
간편하게 즐기는 모습이 인상적이었다. 수백 년을 커피와 함께
해온 그들의 문화가 느껴졌다. 그러고 보니 커피를 부르는
이름은 모두 대부분 이탈리아어였다. 에스프레소, 카페라떼,
카푸치노, 그리고 아메리카노까지. 이왕에 이탈리아에 왔으니
그들의 문화를 따라해 보고 싶은 허세에 가까운 호기심이
일었다. 어차피 이탈리아를 느낄 만한 거리도 없던 차였으니까.
하지만 아메리카노도 써서 못 마시는 내게 에스프레소는 거의
독약에 가까운 것이었다. 통역을 맡은 한국인 유학생이 그런
나에게 딱이라며, 에스프레소에 폭신한 우유 거품을 올린 카페
마키아토를 권했다. 설탕을 듬뿍 치는 것과 함께. 부드럽고
달달해서 좋았다. 커피 한 잔에 피로가 달아났고 내가 지금
이탈리아에 있다는 것을 실감나게 만들었다. 이게 내 커피
입문기다.

커피

커피를 좋아하다보니 자연스레 카페에 관심을 가지게
되었다. 각 도시에 이름난 카페를 섭렵하고 다니는 것을
여행의 작은 주제로 삼았다. 나폴리에서는 프란치스코 교황이
방문했다는 카페 '감브리누스'를 갔었다. 그곳엔 교황이 마셨던
에스프레소 잔을 씻지도 않고 얼룩진 상태 그대로 진열하고
있었다. 과연 여기서 커피를 마실 수 있을까, 걱정될 정도로
문전성시를 이루는 곳이었다. 프라하에선 프란츠 카프카와
라이너 마리아 릴케를 비롯한 수많은 예술가들의 사랑방이었던
카페 '슬라비아'에 갔었다. 압도적인 명성에 현혹되지 않는
저렴한 가격과 기품 있는 분위기 때문에 매일같이 들르게 되는
곳이었다. 파리에선 세계에서 가장 오래된 카페 '르 프로코프'에
갔었다. 거긴 너무 많이 리모델링되어 현대적 카페와 다름없는
모습에 실망할 수밖에 없었다. 베니스에선 또 다른 가장
오래된 카페 '플로리안'에 들렀다. 거기선 믿기 어려울 정도로
비싼 가격 때문에 분노할 수밖에 없었다. 대신에 베니스에는
'아모'라는 인상적인 카페가 있었다. 5층짜리 백화점 건물의
텅 비어 있는 중앙에 자리한 카페였다. 그렇게 중요한 공간에
매장이 아니라 카페가 있다니, 그 나라에서 카페가 가지는
위상을 보여주는 듯했다. 디자인적으로도 훌륭하고 아름다운
카페였다. 유럽에는 알려진 카페도 많고 그 만큼 매력적인
카페도 많다. 아직 가보지 못한 카페도 많아서 여행에 동기를
부여하기도 한다.

나는 대부분의 여행글을 카페에서 쓴다. 전국 어디든,

커피

세계 어디든 카페를 찾아 노트북을 펼치면 그 순간 작업실이 된다. 서울의 좁디좁은 내 집보다 카페가 훨씬 나은 공간이다. 창의력이란 보다 넓은 공간과 높은 천장 아래에서 샘솟기 마련이니까. 한국에서 넓고 높은 공간을 가지는 것은 매우 어려운 일이다. 한국은 참 좁다. 그래서 더 넓은 세상으로 여행을 나서야 한다. 영국의 철학자이자 탁월한 여행가인 '알랭 드 보통'의 말에 전적으로 동의한다. "때때로 큰 생각은 큰 광경을 요구하고, 새로운 생각은 새로운 장소를 요구한다."

벽에 그을린 자유

그래피티를 처음 본 것은 뉴욕에서였다. 온 도시의 벽면, 지하철, 교각 등이 알록달록한 그래피티로 가득했다. 언뜻 지저분해 보이지만 그 앞에 서서 가만히 보면 기묘한 열정과 애씀이 배 있어 탄복하게 된다. 예술적인 기지마저 가득했으니 그저 낙서라고만 여길 수는 없었다. 작업실이 없는 가난한 아티스트, 그림을 발표할 수 있는 기회를 얻지 못한 무명 아티스트들이 외치는 울분이 또한 가득했다. 그저 그림을 그리고 싶을 뿐인 그들이 외치는 몸짓이 들리는 것만 같았다.

1970년대에 뉴욕의 빈민가에서 시작된 그래피티는 반항적인 청소년들과 소외계층 사이에서 유행한 낙서 놀이이자 일종의 일탈 행위였다. 그들은 빈 벽만 보이면 스프레이 페인트로 충동적이고 장난스럽게, 때로는 과격하게 뉴욕 빈민가 구석구석을 그래피티로 채웠다. 일탈은 더욱 대담한 일탈을 부르기 마련이라 그들은 지하철, 버스를 비롯해 공공재까지 서슴지 않고 낙서로 덮으며 도시 미관을 해치는 심각한 사회문제를 유발했다. 그래피티는 일탈을 넘어선 범죄가 되었다. 정확하게 얘기하자면, 그런 시절이 있었다. 요즈음 그래피티가 가지는 위상은 과거와 사뭇 다르다. 현대 예술에서 한 장르로 인정받기 시작했기 때문이다. 도시를 더럽히는 골칫거리 낙서가 예술로 대접받기까지는 바스키아Basquiat나 키스 해링Keith Haring과 같은 불세출의 아티스트들이 기여한 바가 크다. 음지의 예술을 양지로 이끌어 낸 사람들이니까.

그래피티의 선구자들을 논하면서 절대 빼 놓을 수 없는

이름이 뱅크시Banksy다. 영국인으로 알려진 그는 전 세계를
무대로 활동하는 그래피티계의 슈퍼스타인데, 지금까지 한
번도 얼굴을 공개한 적이 없어 얼굴 없는 예술가로 불린다.
뱅크시는 런던 곳곳에 부조리한 세상을 고발하는 그래피티를
그리며 세간에 알려지기 시작했다. 메세지와 은유가 탁월해서
오래지 않아 사람들은 그에게 열광했다. 안타깝게도 나는
아직 뱅크시의 그래피티를 직접 보진 못했다. 언젠가 런던을
방문했을 때, 그의 작품을 찾아 늦은 밤까지 거리를 헤매었지만
끝내 만날 수 없었다. 연속성이 보장되지 않는 벽화의 특성
때문이었다. 그의 작품은 이미 훼손되었거나, 다른 작가의
그래피티로 덮였거나, 건물 자체가 없어진 곳도 있었다. 벽에
그려진 그림이 이런 저런 이유로 지워지는 건 자연스러운
일이었다.

요즘은 세계 어디를 가도 흔하게 그래피티를 만날 수
있다. 한국에도 일명 '압구정 토끼굴'과 신도림 지하철역을
비롯해 그래피티 명소가 있다. 길을 걷다 우연히 만나게
되는 그래피티는 여행자에게 뜻하지 않은 선물이 되어준다.
그래피티로 가득한 장소는 때때로 세상의 여느 관광 명소
못지않은 인기를 누리기도 한다.

내가 직접 볼 수 있었던 최고의 그래피티는
베를린에서였다. 독일 시민들의 거주와 이동할 수 있는 자유를
억압하던 베를린 장벽은 1989년 붕괴되었다. 동독 정부가
자유로운 여행을 보장하겠다는 발표를 하던 날 시민들을 베를린

장벽으로 몰려나와 춤을 추고 노래를 부르며 자유를 만끽했다. 그리고 서독 시민들도 달려와 동독 시민들을 부둥켜안으며 같이 눈물 흘리며 축하 했다. 동독과 서독 시민들은 하나가 돼 직접 망치를 들어 장벽을 부쉈다. 억압된 자유가 폭발적으로 분출한 풍경이었다. 베를린 장벽이 어느 정도 해체 작업이 이루어지자 시민들은 또 다른 방식으로 억압을 분출하기 시작했다. 남아 있는 장벽에 벽화를 그리기 시작했던 것. 그리고 장벽이 붕괴되었다는 소식을 들은 세계의 아티스트들이 독일 평화를 축하하기 위해 베를린으로 속속 몰려들어 무너져가는 장벽에 벽화를 그렸다. 한쪽에서는 장벽을 허물고 있는데 말이다. 곧 지워질 그림이란 것을 알면서도 그들은 벽화를 그렸다. 그림을 그린다는 행위 자체가 중요한 것이었으니까. 그것이 그래피티의 본질이었다.

그때 그려진 그래피티가 지금도 베를린에 드문드문 남아 있다. 그중에서 '이스트 사이드 갤러리'라 불리우는 곳에는 압도적으로 유명한 그래피티 작품이 남아 있다. 러시아 화가 드미트리 브루벨Dmitry Vrubel이 그린 '형제의 키스'다. 남자 정치인 둘이 키스하는 그림인데, 나뉘어 있던 동독과 서독의 통일을 이처럼 잘 보여주는 그래피티가 또 있을까 싶다. 대형 벽화 앞에 서자 1989년 장벽을 허물고 통일을 이루어냈던 당시의 감동이 생생하게 전해졌다. 러시아에서 독일까지 날아와 통일을 축하해 준 화가도 고마웠지만 무엇보다 지금껏 잘 보존되어 있다는 것에 감사했다. 그 그림은 그래피티를 넘어 베를린의 소중한

197

유산이 돼 있었다. 추운 겨울 날씨에도 불구하고 그 앞으로
몰려든 인파가 그것을 증명해 줬다.

허락받지 않고 공공재나 사유재산에 그래피티를 그리는
것은 지금도 범죄이기는 마찬가지이지만, 오늘날 그래피티는
일탈과 예술 사이를 아슬아슬하게 넘나들며 도시에 생기를
불어넣고 있다. 그래피티를 대하는 사람들의 태도가 혐오에서
존중으로 조금씩 변해가는 게 느껴진다.

수년 전 G20 정상 회의 포스터에 쥐 그림을 그려 넣은
사람이 긴급 체포된 일이 있었다. 경찰은 구속영장까지
신청했지만, 다행히 법원은 영장을 기각했다. 그는 결국
수백만 원의 벌금형을 받았다. 당시 경찰 수사가 무리했다는
비판이 많았고, 경범죄를 적용시켜도 될 것을 검찰이 기소한
것은 억지이자 과잉대응이라는 비판이 많았다. 그가 그려
넣은 쥐 그림은 앞서 얘기한 그래피티의 대가 '뱅크시'의 쥐
그림을 오마주한 것이었다. 한국에는 그래피티가 제대로
알려지지 않았던 시절이었다. 그러나 지금은 놀랍게도, 서울
경찰청에서 세계적인 그래피티 작가를 초청해 경찰청 로비에서
그래피티 제작 행사를 벌이는 데 이르렀다. 그리고 행사가 끝난
경찰청 로비엔 그래피티 작품이 아직도 전시 중이라고 한다.
격세지감이 드는 소식이었다.

생태계 건강은 돌연변이가 지킨다고 한다. 불법을 예술로
승화시키고자 하는 그래피티 작가들이 우리 사회의 건강을
지키는 건지도 모른다는 생각이 들었다. 변종, 다양성, 유연함은

건강한 사회의 표식과도 같으니까. 불법이었던 것들도 시간이 지나면 합법으로 바뀌기 마련이다. 동독 사람이 서독을 여행하는 것이 불법이었던 시절이 있었던 것처럼. 그래피티가 전면적으로 합법이 될 일은 없을 것 같지만 사회 여러 장소에서 수용되기를 바라는 마음은 크다. 그래피티는 획일화된 도시 풍경에 색깔을 입히고 알록달록한 무늬를 만든다. 나는 그것이 보기 좋고 늘 재밌다.

모두가 누리는 정원commons

유럽 곳곳을 여행하다보면 애쓰지 않아도 그 도시를 대표하는
광장에 서 있게 된다. 도시의 거점이라 할 만한 주요 건물들이
광장 주변에 밀집해 있기 때문이다. 꼭 그 광장을 목적지로
삼지 않아도, 어디 박물관이나 미술관이라도 가려고 보면
하루에도 몇 번씩 크고 작은 광장을 거치기 마련이다. 그래서
유럽을 여행한다는 건 광장과 광장 사이를 가로질러 다닌다는
걸 뜻한다. 마드리드의 마요르 광장, 바티칸의 산피에트로 광장,
베네치아의 산마르코 광장처럼 엄청난 규모와 위용을 자랑하는
광장도 있고 로마의 스페인 광장, 암스테르담의 담 광장처럼
명성은 높아도 시민들의 삶에 보다 가까이 밀착해 있는 아담한
광장도 있다.

광장은 각 도시의 마당 같은 역할을 해서 도시 인상을
고스란히 품고 있는 장소다. 영화제나 비엔날레, 또는 각종
국가 행사가 광장을 중심으로 이루어지는 건 물론이고 행사가
없다 해도 광장엔 그 도시에 사는 시민들과 세계 각지에서 온
여행자들이 한데 모여든다. 광장 내부는 사람이 채우고 광장
둘레는 카페와 레스토랑이 채운다. 광장에 모여든 사람들이
끊임없이 대화하며 먹고 마시고 소통하려면 앉아서 시간을 보낼
수 있는 장소가 필요하기 때문이다. 그래서 도시를 대표하는
광장을 찾아가면 짧은 시간에 다양하고 많은 사람들을 만날
수 있고, 그들의 식사와 음료 문화를 가까이서 접할 수 있다.
그래서 여행자인 나에게 광장 없는 유럽은 상상하기 힘들다.
광장은 그 도시의 삶을 축약해놓은 장소니까.

광장은 그리스의 '아고라'와 로마의 '포럼'에서 시작해 현재까지 이어져왔다. 대화와 토론의 마당이었고 소통과 화합의 장소였던 것이다. 광장을 중심으로 고대 민주사회는 뿌리를 내릴 수 있었다. 그리고 중세를 거치면서 광장은 종교 행사의 중심일 뿐만 아니라 정치적으로 통치자의 권위와 상징을 알리는 곳이 되었다. 또한 여전히 시민들이 한데 모일 수 있는 거의 유일한 사교 장소가 되어 주었다. 여기에 상업시설까지 더해지며 광장은 모든 분야를 아우르는 '소통의 장'으로 발전했다. 광장은 여러 가지 이유로 도시 주변부가 아니라 핵심적인 공간에 위치했고, 유럽의 도시는 자연스럽게 광장을 중심으로 발전을 거듭해 온 것이다.

우리도 유럽에 못지않은 광장의 역사와 문화를 가지고 있을 것이다. 종교 권력이 가진 욕망과 정치 지도자가 가진 욕망, 그리고 시민들이 가진 소통 욕망은 동양과 서양이 크게 다르지 않으므로. 지금은 공원으로 바뀌었지만 '여의도 광장'은 민주화 운동 시절 정치 집회의 장으로서 백만 인파를 거뜬히 모으곤 하던 곳이 아니던가. 그리고 지난날 정권교체의 단초가 되었던 촛불 혁명의 근거지또한 '광화문 광장'이었다.

그러나 우리가 가진 광장은 내가 유럽에서 숱하게 만났던 광장과는 무언가 많이 달랐다. 곰곰이 생각해보니 우리는 시민의 삶에 밀착해 편의를 제공하는 광장을 가져본 적이 없었다. 단지 넓은 빈 공간을 일러 광장이라 부르고 있을 뿐이다. 시민에 의해, 시민을 위해 생겨난 광장이라기보단 정부

주도로 만들어지고 관리되는 권력자의 광장만 있어온 것은
아닐까. 공간은 넓은데, 그 광장에 나가서 할 수 있는 일이 없는
곳이 우리네 광장이지 않나. 정치 집회나 시위가 아니라면
말이다. 흉물스럽게 텅 빈 공간이었던 여의도 광장은 이제
공원이 되었지만, 여의도에서 이루어지던 정치 집회와 시위는
서울 시청 앞 광장이나 광화문 광장으로 자리만 옮겼을 뿐이다.
서울시 주도로 시청 앞 광장이 조성되었지만, 잔디를 깔고
약간의 조경을 곁들였다고 해서 광장이 시민의 삶에 밀착한
모두를 위한 열린 공간이 되는 것은 아니었다. 잔디 바닥에 잠깐
앉아보는 것 말고는 광장 둘레로 복잡하게 차들이 지나 다니는
텅 빈 공간이기는 예나 지금이나 마찬가지다. 마땅히 할 일이
없기로는 광화문 광장도 마찬가지다. 공간은 있으나 내용과
이야기가 없는 서울 광장은 시위할 때나 한 번씩 들뜬 기운을
느낄 뿐, 시민의 삶과는 너무 먼 공간이다.

내가 유럽을 여행하며 보고 느끼고 깨달은 광장이란
단지 많은 사람들이 모일만한 거대한 공간을 부르는 이름이
아니었다. 광장은 시민과 여행자들의 일상으로 가득 차 있는
곳을 부르는 이름이었다. 물리적 공간을 만드는 일보다
중요한 것은 공간의 가치와 스토리를 만드는 것일 테다. 서울
시민으로서, 근사한 광장을 곁에 두고 살아가고 싶은 바람이
크다.

215

217

그 도시 품에서 잠시

잠자리가 바뀌면 잠을 설치는 사람이 많다는데, 나는 잠자리가 바뀌어도 잘만 잔다. 촬영 일이라는 게 워낙 출장이 잦다보니 호텔이나 모텔에서 지내는 날이 많고, 촬영을 안 할 땐 숱하게 여행을 다닌다. 오랫동안 촬영과 여행을 반복하며 살았기에 객지에서 자는 일 또한 자연스럽게 몸에 뱄다. 여행과 출장을 합쳐 1년 중 절반 이상을 객지에서 보내기도 하는 나에게 숙소는 그저 잠깐 머무르는 곳 이상의 의미를 가진다. 그 숙소들이 모여서 집보다 더 오랜 시간을 보내는 곳이 되어버리니까.

꼭 내 경우를 들지 않더라도 여행지에서 숙소란, 그 여행의 품격을 좌우하기도 하는 중요한 요소다. 어지간히 작정하고 여행지를 활보하지 않는다면 여행의 절반을 숙소에서 보내게 된다. 놀라운 말처럼 들릴 수도 있지만, 장기 여행의 경우엔 여행 중에도 쉬는 날을 필요로 한다. 하루 종일 하는 일 없이 침대에서 뒹굴며 휴식을 취하는 그런 날 말이다. 여행이 곧 삶이고 생활인 장기 여행에서 쉬는 날이 없으면 지쳐서 여행을 이어갈 수 없다.

지난번 여행은 보름 동안 유럽의 몇 개 도시를 다녔는데, 몇 달 동안 드라마 촬영에 묶여 있다가 방송을 마치자마자 다녀온 것이었다. 지친 일상에서 탈출해 예약한 숙소에 도착한 나는 이틀 동안 끼니를 때우러 나간 것 이외에는 밖에 나가지 않고 방에서 휴식을 취한 후에 본격적인 여행을 시작했다. 여행지의 방에서 보내는 시간 또한 엄연히 여행의 일부다.

여행자에게 숙소란 아무리 강조해도 지나치지 않을 중요한 공간이다. 그렇다고 여행자가 묵는 방이 호사스러울 필요는 없다. 일화가 하나 있다. '나카무라 토오루'라는 일본의 톱스타가 한국 영화에 출연했고, 촬영 장소는 중국의 어느 소도시였다. 제작진은 현지에 먼저 가서 촬영 준비를 마치고 일본의 대배우가 입국하는 날에 공항으로 가서 그를 맞이했다. 숙소로 이동하며 제작진은 토오루에게 사과를 했다. "토오루 씨, 이 근처에는 고급 호텔이 없습니다. 그나마 좋은 방을 구하기는 했습니다만, 쾌적하지 못한 방이어서 죄송합니다. 양해 바랍니다." 아내와 백화점에서 쇼핑하는 것조차 30분 단위로 스케줄을 정해서 한다는 일본의 톱스타는 이렇게 답했다. "괜찮습니다. 두 다리 뻗고 누울 수만 있으면 충분합니다."

여행자의 방에 필요한 것은 고급스러운 집기도 아니고 너른 공간도 아니다. 낯선 이국에서 이 공간이 나를 보호해주고 지켜준다는 안온함이 여행자의 방이 갖추어야 할 최고의 미덕이다. 나는 벌이가 시원찮던 시절부터 여행을 다녀서인지 여전히 저렴한 방을 선호한다. 혈기 왕성하던 그 시절, 하루에 천 원도 안하는 도미토리에서 현지 서민들과 함께 뒤섞여 지내기를 마다하지 않았다. 지금은 그렇게 형편이 나쁜 것도 아니면서 고급스러운 방에는 여전히 마음이 가지 않는다. 낡고 허름해도 좋다. 다만 창문이 제대로 나 있기를 바랄 뿐이다. 그리고 책상 하나가 놓여 있다면 금상첨화일 것이고. 그 방에 혼자 앉아 여행을 준비하고 정리하며, 생각하고 메모하는 일

속에서 온전한 나의 시간을 누린다. 온갖 갈등으로 가득한 현실에서 차단된 곳, 지긋지긋한 일상의 자국이 지워진 곳, 누구도 나를 알지 못하며 간섭하지도 않는 곳, 게다가 안전하며 평화롭기까지 한 나만의 공간. 그러한 공간을 누리는 데 있어서 고급스러움이 필수적이진 않다. 되레 손때가 내려앉은 낡은 가구들이 더 큰 안정감을 선사한다. 여행지에서의 숙소는 한국에서 누리기 힘든 영혼의 사치를 부릴 수 있게 해준다. 그러니 여행자의 방을 사랑하지 않을 수 없다.

사적인 공간에서 사생활의 자유를 누리고 싶은 마음은 누구나 가진 본능이다. 그러나 이 세계에서 내 전용 공간을 소유하려면 막대한 비용을 지불해야 한다. 천만 원이 훌쩍 넘는 비행기 일등석 가격이 대표적인 경우일 것이다. 작업실이 따로 없는 프리랜서들은 카페 공간을 잠시 빌려 작업을 하고, 어쩌다 작업이 잘 풀리지 않으면 지방 소도시로 차를 몰아 낯선 카페를 전전하고 모텔에 하룻밤 묵으며 작업을 겨우 마치곤 한다. 데이트할 만한 사적인 공간이 없는 많은 연인들이 도시 곳곳을 옮겨다니며 숱한 '방'을 시간 단위로 빌리는 것이고, 대학가에는 세미나나 스터디를 위한 빈 공간을 빌려주는 업체들이 성행한다. 집을 산다는 것은 또 얼마나 지난한 일이던가. 직장인들 평생의 숙원이 내 집 마련하는 것 아니던가. 사적인 공간을 가진다는 게 이토록 어려운 시절을 우리는 살아간다.

시간 단위로 공간을 빌려 사생활의 자유를 누리는 일을 극단적으로 확대한 것이 여행이지 않을까. 여행이 주는 혜택이란, 안온한 여행자의 방에서 완전한 자유를 누리는 것뿐만이 아니라, 방을 나와 인파 속을 거닐어도 나를 모르는 사람들 틈에서 무한한 해방감을 느끼는 데에 이른다. 어쩌면 여행이란 도시 전체를 잠깐 빌리는 일인지도 모르겠다.

> "사생활의 자유는 대도시의 익명성이라는 장치를 통해서 회복된다. 나를 모르는 여러 사람들 속에 섞여 있게 되면 나는 더 자유로워진다. 더 자유로워질수록 그 공간에서 사적으로 행동할 수 있다. 사적으로 행동한 만큼 그 공간을 소유하는 것과 마찬가지가 된다. 사람들은 이러한 완벽한 익명성의 자유를 얻기 위해서 멀리 해외여행을 간다."
> – 유현준, 『도시는 무엇으로 사는가』 중

그리하여 허물지 않고 수리하고
복원해서 오래 씁니다

맞은편 동네가 재개발에 들어갔다. 매일 들리던 슈퍼마켓이 가장 먼저 문을 닫았고 단골이던 세탁소도 며칠 있다 문을 닫게 되었으니 맡긴 옷을 찾아가라는 안내문을 내걸었다. 집집마다 가게마다 길가에 내놓은 생활 폐기물 더미로 동네 풍경이 아주 뒤숭숭하다. 며칠 전까지 북적대던 동네가 한 순간에 이렇게 황폐해질 수 있나 싶을 정도로.

우리나라 사람들은 몇 십 년 밖에 안 된 건물을 철거하지 못해서 안달인 것 같다. 주변을 둘러보면 죄다 새 건물이다. 한국 도시가 유럽에 비해 아름답지 못한 건 시민들의 삶과 정서가 녹아든 수십 년 된 건축물이 없어서 그런 게 아닐까? 우리는 도시가 품은 고유한 인상을 찾아 볼 수 없는 환경 속에서 살아간다. 기존의 낡은 건축물을 부수고 새 건물을 짓는 재개발이 한국 사회의 기본값이라면, 유럽은 기존 건축물을 그대로 유지하면서 용도를 바꾸는 리모델링을 더욱 선호하는 듯하다.

처음 밟은 유럽 땅은 런던이었다. 유럽 도시 대부분이 그렇지만 런던에서 가장 인상적이었던 것은 현대적인 마천루와 오래된 건물들이 공존하는 풍경이었다. 그중에서도 압권은 런던 한 가운데 있는 '테이트 모던' 미술관이었다. 영국 미술계를 대표하는 테이트 재단은 1990년대에 이미 세 개의 미술관을 가지고 있었지만 넘쳐나는 소장품을 감당할 수 없어 새로운 전시 공간을 필요로 했다. 당시의 마가렛 대처 정부의 미술후원정책과 맞물려 밀레니엄을 맞아 2000년에

테이트 모던 미술관을 개관했다. 테이트 모던은 세계에서 가장
성공한 미술관 가운데 하나로 손꼽히는데, 그 성공가도의
핵심은 리모델링에 있었다. 테이트 재단의 관리자들은 미술관
부지를 선정하지 못해서 고심했었다고 한다. 런던은 이미 포화
상태여서 도심에는 대형 미술관이 들어설 만한 빈 공간이
없었던 것이다. 그렇다고 외곽으로 빠지자니 애초의 설립
취지와 맞지 않았다. 그렇게 부지를 찾아 런던을 배회하던
중 우연찮게 템즈 강변에 버려진 화력 발전소를 시찰하게
되었다. 런던의 산업화와 고도성장을 상징하던 화력 발전소는
석유값 상승과 환경오염을 이유로 이미 1970년대에 가동이
중단되어 황폐하고 흉물스러운 곳이 되어 있었다. 그러나
런던의 한 가운데 있다는 입지조건과 거대한 규모는 미술관으론
안성맞춤이었다.

테이트 재단은 버려진 화력 발전소 부지에 새 미술관을
짓기로 하고, 세계적인 관심 속에 건축 설계를 공모했다. 13개
팀이 최종 후보에 올랐는데 결과는 모두의 예상을 뒤엎고
스위스의 '헤르조크'와 '드 뫼롱'의 설계가 당선되었다. 그들은
단 하나도 완공한 건축이 없던 신인이었기에 세계 건축계는
놀라지 않을 수 없었다. 재단 측이 발표한 선정의 변은 그들
설계안이 가장 적극적으로 기존 화력 발전소를 유지했기
때문이라는 것이다. 다른 경쟁자들은 첨단 건축 공법과 화려한
디자인 뽐내기에 바빴는데 말이다. 결과적으로 화력발전소는
미술관이 되어 오랫동안 런던 시민의 삶과 함께한 도시의

상징이 되었다. "테이트 모던 벽돌의 검댕이에는 런던이
스며들어 있다"는 어느 비평가의 말이 그것을 잘 보여준다.

옛것을 사랑하고 보존하는 데 파리 사람들을 빼 놓을 수
없다. 테이트 모던에 영감을 준 리모델링 미술관의 원조는
파리의 '오르세 미술관'이다. 세느 강변에 자리한 오르세
미술관은 원래 기차역이었다. 1900년 파리 만국 박람회 개최에
맞춰 초현대적인 시설로 지어진 역사였으나, 철도 기술의
비약적인 발전 때문에 열차는 점점 길어졌고 급기야 오르세
역의 플랫폼 길이를 훌쩍 넘게 되었다. 그래서 오르세 역은
근거리 열차만 다니는 한적한 역으로 전락했고 결국엔 폐역이
되었다. 그러나 파리는 한 시대를 풍미했던 기차역을 허물지
않고 미술관으로 리모델링했다. 당시로서는 유례를 찾기 어려운
결정이었고 오르세 미술관은 인상파 화가들의 중요 작품을 등에
업고 세계인을 불러 모으며 흥행에 성공했다. 그리고 테이트
모던을 비롯해 세계의 여러 도시와 미술관에 리모델링의 영감을
선사했다.

오르세 미술관뿐만 아니라 파리엔 훌륭한 리모델링 사례가
더 있다. '루브르 박물관'을 빼 놓을 수 없다. 루브르는 12세기에
병참 요새로 지어져서 16세기에는 왕궁으로 재건축이 되었고
지금은 세계 3대 박물관 중 하나가 되어 파리의 손꼽히는
랜드마크가 되었다. 용도를 바꾸어가며 근 천 년을 파리와
함께한 이 역사적인 건물은 20세기 말에 다시 리모델링을 했고,
중정엔 초현대적인 디자인으로 '유리 피라미드'를 증축했다.

루브르 정원에 유리 피라미드를 짓겠다고 하자 파리 시민들은
엄청나게 반대했다. 이집트의 상징인 피라미드를 파리 박물관
한가운데 짓는 것이 달갑지 않았던 것이다. 심지어 건축가는
중국인이었으니. 현대적인 피라미드 건축이 기존의 루브르
박물관 건물이 지닌 고풍스러운 분위기를 해칠 것으로
여겨졌으나, 당시 프랑스 정부는 공사를 강행했다. 그러나
막상 짓고 보니 유리 피라미드는 옛 건물과 너무나도 어울렸고
지금은 루브르 박물관의 상징이 되어, 역사와 전통이 현대적
감각과 공존하는 가장 훌륭한 사례로 여겨지게 됐다.

여행하며 알게 된 성공한 리모델링 사례는 수도 없이 많다.
어쩌면 리모델링이 건물을 철거 하고 새로 짓는 것보다 더 많은
비용이 들지도 모른다. 하지만 도시 환경을 경제 논리만으로
접근할 수는 없는 일이다. 화력발전소나 기차역은 시민들이
살아온 흔적이 고스란히 배어 있는 역사의 한 부분이니까.
일종의 문화재와 같은 도시 자산이다. 건축은 사람들의 삶을
품고 있는 '공간'이자 '기억'이기에 소모품처럼 여겨 함부로
짓고 허물어서는 안 되는 게 아닐까. 수리하고 복원해서 용도를
바꾸어가며 오래 쓰는 것은 이상한 일이 아니다.

유럽 도시를 여행하며 오래된 건물 사이를 걷다보면
시대를 가늠할 수 없는 기분을 종종 느끼곤 한다. 그런 도시의
풍경은 낙후된 느낌이라기보다는 도시 전체가 하나의 맥락
안에 들어 있는 거대한 예술 작품을 대하는 기분이 든다. 유럽이
그토록 오래된 건축물을 지키려는 이유는 그들이 살아온 방식이

켜켜이 쌓인 도시 자체를 후대에 물려줘야 하는 자산으로
여기기 때문이다. 서울의 풍경을 떠올려보면 당장 살기엔
충분히 편리하고 깨끗하며 적당히 아름답지만, 후대에 물려줄
생각을 하면 조금은 부끄러운 마음이 인다. 그들은 과연 이
도시를 물려받았다는 생각이 들기는 할까?

폭격당한 교회와 오래된 아파트

독일의 수도 베를린만큼 사연 많은 도시가 또 있을까? 독일은 2차 세계대전을 일으킨 죗값으로 서독과 동독으로 분단돼야만 했다. 당초 기준대로라면 베를린은 사회주의 진영인 동독의 영토에 속했지만, 역사적 상징성과 문화적 중요도 때문에 자유주의 진영은 쉽게 베를린을 내어 줄 수 없었다. 결국 도시를 반으로 나누는 장벽이 세워져 동베를린과 서베를린으로 대치하며 냉전 시대를 상징하는 도시가 됐다. 훗날 사회주의 진영이 몰락하면서 베를린 장벽도 함께 허물어졌는데, 그때부터 베를린은 극적인 반전을 이루며 자유와 화합을 상징하는 도시가 되었다.

지금에 이르러선 그마저도 옛이야기가 돼버렸고, 이제 베를린은 힙스터의 성지라 불리며 유럽에서 가장 핫한 도시로 손꼽힌다. 세계 예술가들이 모여들어 현대 예술의 중심지가 된 건 물론이고, 최신 유행을 이끄는 클럽과 카페, 레스토랑이 즐비한 도시가 된 것이다. 그러나 베를린이 제아무리 예술과 트렌드라는 새 옷을 입었다 해도, 여행자의 눈에 가장 빛났던 지점은 아픈 상처를 기억하기 위해 무던히도 애쓰는 당국과 시민들의 모습이었다. 철거하지 않고 일부러 남겨놓은 베를린 장벽의 잔해가 곳곳에 전시돼 있고, 유대인 박물관을 비롯해 홀로코스트 기념비 등 자신들이 범한 잘못을 시인하고 기억하며 추모하느라 바쁜 모습이었다. 그중에서도 가장 강렬한 인상을 주었던 건 '빌헬름 카이저 교회'다.

베를린 최대의 번화가에 자리 잡은 이 교회는 2차 세계대전

당시 연합군의 폭격으로 첨탑이 무너져 내리고 교회당 곳곳이 파괴됐다. 그러나 전쟁이 끝났어도 베를린은 이 교회를 복원하지 않았고, 허물지도 않았다. 전쟁의 참상을 잊지 않기 위해, 다시는 전쟁하지 않으리라 다짐하기 위해, 폭격 당시의 모습을 그대로 보존하기로 한 것이다. 곳곳이 무너져 내리고 불에 그을린 자국이 선명한 빌헬름 카이저 교회는 아이러니하게도 평화의 상징이라는 지위를 가지게 되었다. 폭격 당해 쓸모를 다한 교회를 가만히 놔두어서 세상의 어떤 건축물도 흉내 내지 못할 의미를 부여한 지혜가 소름 돋을 정도로 아름다웠다.

도쿄에도 극적인 반전을 이루어낸 건물이 있다. 날로 인기를 더해가는 세계적인 건축가 '안도 타다오'의 걸작 가운데 하나로 꼽히는 '오모테산도 힐스'라는 쇼핑몰이다. 과거 도쿄 오모테산도 지역은 황폐화돼가던 곳이었는데, 지역 한가운데엔 아주 오래된 아파트가 있었다. 재개발을 하는 데까지는 의견을 모았으나, 개발 방식을 놓고 주민들의 이해관계가 첨예하게 대립하면서 오랫동안 난항을 겪고 있었다. 그때 안도 타다오가 극단적인 리모델링 아이디어를 제시하며 난국을 타개했다. 아파트를 허물고 쇼핑몰을 '재건축' 하되, 아파트 한 동은 허물지 않고 새로 지은 건물과 연결해서 '리모델링' 하자는 것이다. 현대적인 쇼핑몰 한쪽 끝에 당장 무너져도 이상할 것이 없는 오래된 아파트가 붙어있는 다소 파격적인 설계안이었다. 주민들은 반신반의했으나, 안도 타다오의 집요한 설득 끝에 결국 사업은 진행되었다. 그래서 번듯한 쇼핑몰에 오래된 아파트의 추억과 흔적이 겹쳐 있는 이종교배 건축물이 탄생했다.

오모테산도 힐스 쇼핑몰이 개장하자 낯설고 독특한 아이디어가 구현된 건물을 보기위한 사람들이 몰려들며 세계적인 유명세를 떨치게 됐다. 사람들이 모여들자 세계적인 명품 브랜드들이 주변에 플래그쉽 매장을 열기에 이르렀고, 폐허 같았던 오모테산도 지역은 이제 도쿄의 쇼핑 랜드마크가 됐다. 모두가 허물어야 마땅하다고 여긴 건물을 이야기를 품은 쇼핑몰로 만들어낸 천재 건축가의 기지는 다시 생각해봐도 놀랍기만 하다.

빌헬름 카이저 교회와 오모테산도 힐스가 가진 공통점은 각기 다른 이유로 허물어질 위기에 처했었다는 것이다. 그러나 두 장소가 지금 누리는 위상은 그 어떤 건물도 따라가지 못할 만치 높다. 그것은 리모델링과는 다른 개념을 통해 이루어진 것이다. 버려진 것을 남겨진 것으로 전환하며 가치를 발굴한, 이른바 '업사이클링Upcycling'이다. 재활용을 뜻하는 리사이클링Recycling에 업그레이드Upgrade가 합쳐진 업사이클링은 버려진 물건을 단순히 재활용 하거나 용도를 변경해서 쓰는 것에 그치지 않고 새로운 가치와 의미를 더해 이전보다 더욱 값진 것으로 만드는 일을 아우른다. 업사이클링의 가장 쉬운 예이자 가장 성공한 예를 들자면, 젊은이들 사이에서 최근 크게 유행하는 '프라이탁' 가방을 빼 놓을 수 없다.

243

프라이탁은 시한이 다 되어 버려진 재료들을 수거해서 가방을 만드는 회사다. 트럭 화물칸을 덮는 방수천, 자전거의 고무 튜브, 안전벨트 등이 재료가 된다. 버려진 재료들을 수거해 일일이 세척한 후 수작업으로 만드는 프라이탁 가방은 세상에 똑같은 디자인이 하나도 없기로 유명하다. 트럭 방수천의 문양이 제각각이고 재단되는 면 또한 일정하지 않기 때문이다. 가방 하나마다 개별 공정을 거치는 덕분에 가격은 제법 고가에 속하는데도 세계적으로 불티나게 팔린다. 스위스 취리히에 본사를 둔 프라이탁은 사옥마저 중고 컨테이너를 업사이클링해서 지었다. 덕분에 취리히는 도시를 대표하는 명소 하나를 더 가지게 됐다.

취리히를 다녀가는 수많은 여행자의 블로그나 SNS를 보면 한낱 가방 만드는 회사에 불과한 프라이탁 본사를 다녀간 것을 자랑하고 인증하는데 여념이 없다. 재활용 재료로 만들었음에도 비싼 가방을 기꺼이 사고 세월의 때가 덕지덕지 붙은 컨테이너 건물에 이토록 열광하는 것은 단지 취향 때문만은 아닐 것이다. 사람들은 업사이클링의 철학을 구매하고 방문한 것이다. 버려진 것들에 의미를 부여하는 업사이클링은 환경 문제와도 맞닿아 있다. 철거되지 않은 베를린의 교회와 도쿄의 아파트 한 동은 그만큼 건축폐기물을 줄인 것이고, 해마다 버려지는 수백 톤의 천막은 가방이 되었으니 말이다.

업사이클링은 환경오염을 줄이는 아주 구체적이며 실천적인 방법이다. 유럽에는 업사이클링 제품만을 취급하는

편집숍이 더러 있고, 버려진 컨테이너로 만들었으면서도 힙한 상업 시설이 제법 눈에 띄는 것을 보면 트렌드로 자리 잡은 모양새다. 스스로를 환경주의자라고 자신 있게 외칠만한 사람은 못되지만, 업사이클링과 환경마저 보호한다고 하니, 지지하지 않을 수 없다.

나와 마주하는 시간인데
일주일은 너무 짧지

오월랩

"여행이 외부 세계를 향해 견문을 넓히는 과정 같지만 기실 모든 여행은 자신으로의 내면 여행에 다름 아니다." '박상우' 작가가 쓴 『소설가』라는 책을 읽는 중에 눈에 번쩍 뜨인 문장이다. 작법서이자 소설가의 삶을 다룬 책임에도 여행의 정수가 쓰여 있었다. 여행은 결국 스스로를 돌아보며 내면을 갈고 닦는 시간이다. 그러니 창작을 업으로 삼은 수많은 예술가들이 여행을 통해 작품 소재와 영감을 얻는 일이 새삼스러운 것은 아니다. 소설가에 한정해서 얘기해 보아도, '김훈'은 아마 한국에서 가장 유명한 자전거 여행자일 것이고, '무라카미 하루키'는 여행지에서 장기 체류 하며 오전에는 소설을, 오후에는 여행기를 쓰기도 한다. '박범신'은 히말라야 트래킹을 갔다가 영감을 얻어 산악소설 『촐라체』를 썼다. 열거하다보면 끝이 없을 정도다.

촬영감독이 하는 일이란, 누군가의 이야기를 영상으로 만드는 것이다. 수많은 소설가와 예술가들이 그러하듯 나 또한 몇 달 동안 매진한 영화나 드라마, 다큐멘터리 프로젝트가 끝나면 멀리 여행을 다녀온다. 사실 목적지가 어디인지는 별로 중요하지 않다. 여행에서 하는 일은 지난 작업의 태도를 복기하고, 다음 작업의 내실을 다지기 위해 세상을 두루두루 구경하며 영감을 쌓는 데에 있으니, 그저 어딘가로 떠난다는 것 자체가 중요할 뿐이다. 작업과 작업 사이에 그러한 틈을 가지지 않았다면 정신적으로 지쳐서 일을 그만두었을 것 같기도 하고, 일을 계속해나갈 창의적 동력을 구하지 못해 낙오했을 것 같기도 하다.

　대부분의 여행은 혼자서 떠난다. 가끔은 연인과 일정을 맞춰 함께 가기도 하고 혼자서 가기에 지나치게 위험한 험지로 갈 때는 탐험심 많은 친구들과 함께 하기도 하지만, 여행이란 근본적으로 홀로 있음이 주는 환희를 누리는 시간이다. 일상 속에서 스케줄러를 가득 채우고 있는 수많은 모임과 경조사들, 시도 때도 없이 걸려오는 전화와 메신저 알림은 우리네 삶을 한없이 번잡하게 만든다. 그러나 여행을 떠나서 나를 아는 사람이 전혀 없는 곳에 당도하면 그곳에서 낯선 존재가 되어 자유롭고 여유롭게 주변을 어슬렁거리고, 모임과 경조사에 빠져도 면책되기 마련이고, 귀찮은 전화를 안 받아도 되는 훌륭한 핑곗거리가 자동으로 만들어진다. (해외 로밍 안내를 들으면 대부분은 전화를 건 쪽에서 먼저 끊는다.) 여행을 하는 동안엔 평소에 짊어져야 했던 정서적 억압이나 사회적 의무 같은 것들의 구속력이 매우 약해진다. 그러니 여행에서 보내는 모든 대부분의 시간은 자기 자신을 위해 쓰인다. 스스로 일어나는 시간을 정하고, 구경하고 싶은 것을 보러가고, 먹고 싶을 때 먹고, 쉬고 싶을 때 쉬고. 여행이라는 해방의 시공간에서 온 몸의 감각은 생생하게 깨어난다. 그리고 일상에서는 엄두도 낼 수 없었던 귀한 시간이 찾아온다. 나와 마주하는 시간 말이다.

　인연을 맺고 있는 국제평화단체가 있어서 그들이 꾸리는 공동체에 종종 들린다. 작년엔 의외의 멤버가 합류한 것을 보았는데, 이제 막 고등학교를 졸업한 독일인 청년 둘이었다. 1년간 공동체에 봉사하며 인생의 진로를 결정하기 위한 사유의 시간을 가질 거라고 했다. '갭이어Gap year'였다. 갭이어는 '휴학'과 비슷한 뜻을 가지고 있는데, 고교과정을 마친 학생들이 대학에 곧장 진학하거나 취업하지 않고 1년 정도 다른 방식으로 세상과 사회를 경험하는 것을 말한다. 한국에선 조금 생소한 개념이지만, 영국에서 시작된 갭이어는 이제 유럽 전역에 널리 퍼진 보편적인 교육 시스템이 되었다. 갭이어 동안 해외로 자원봉사를 가거나, 오지여행, 외국어 연수, 예술활동, 운동 등 다양한 방식으로 자신의 문화적 자산을 축적하게 되는데, 대부분의 청년들은 여행과 연계한 활동을 한다. 나고 자란 곳을 떠나서 생활하며 스스로 개척해 가야할 인생에 대해 진중하게 생각해 보는 것이다. 한국에서 자원봉사를 하며 갭이어를 보낸 독일인 청년 둘이 독일로 돌아간다는 소식이 들려 안부를 물으니, 한 청년은 대학에 진학하기로 마음먹었다 하고, 한 청년은 아직 잘 모르겠다며 독일로 돌아가서 시간을 조금 더 가질 거라고 했다. 물론 고국의 가족과 고민을 충분히 나누었을 테지만, 스스로 고민한 끝에 주체적으로 진로를 결정한 것이다. 손살처럼 지나가는 청춘이라는 열차에서 잠시 내려 주변을 돌아보며 보낸 1년이 아름답게 느껴졌다.

한국은 고등학교를 마치고 순차적으로 대학에 진학하지 않고, 한 해를 다른 일로 보내는 것을 낭비로 여기는 듯하다. 취업경쟁에 그만큼 늦어지는 것에 대한 우려가 반영되는 것

같고, 남자의 경우 군복부로 보내야 할 시간에 대한 부담도
적지 않을 것이다. 나를 찾아가는 시간에 인색한 우리 사회가
조금은 안타깝게 느껴진다. 갭이어가 청년들에게만 필요한
것은 아닐 테다. 나이를 떠나, 연속되는 해 사이에 단절을 두고
삶과 인생을 돌아보는 시간을 가지는 것은 우리 사회의 구성원
모두에게 필요하다. 마치 대학 교수가 안식년을 보장받는
것처럼. 갭이어가 언감생심이라면, '갭먼스Gap month'라도. 실제로
언젠가부터 '한 달 살이'가 유행을 넘어 라이프 스타일로 자리
잡아가고 있는 듯하다. 제주도나 외국 어느 도시에서 한 달을
살아보는 것 말이다. 나를 만나고 오기에 일주일 남짓한 여행의
시간은 너무나도 짧디 짧다. 직장인들이 이 글을 본다면 화를
낼지도 모르겠다. 남의 사정도 모르면서 세상 편한 소리 한다고.
그것이 나도 충분히 죄송하고 안타깝다. 여태 여행하며 한 달,
두 달 휴가를 얻어 여행을 다니는 유럽 국적의 직장인들을
많이 만났다. 회사원, 은행원, 의사 등 직업도 다양했다. 그들은
되는데, 우리는 왜 그런 휴가를 가지지 못할까? 긴 휴가 또한
기본권이 되어 모두가 누릴 수 있기를 바랄 뿐이다. 나를
만나고, 삶의 동력을 얻기 위해 틈을 만들고 여행하는 것은
청년들이나 예술가들에게만 필요한 것도 것이 아니다. 우리
모두에게 남은 인생은 언제나 충분히 길다. 인생은 누구도 대신
살아줄 수 없는, 오직 혼자서 개척해야 하는 멀고 긴 여정일
테니까.

사진을 위해
여행을 희생하지 않기

나에게 사진 작업이란 '가벼움'의 미학이다. 상대적인 의미에서 그렇다. 사진과 영상 사이를 넘나들며 작업하지만 본업이라 할 만한 것은 영상을 촬영하는 일이다. 영화나 드라마를 촬영할 때는 엄청나게 많은 촬영 장비를 필요로 한다. 촬영장엔 대략 50여명의 스텝이 상주하고 때때로 100명이 넘어가기도 한다. 하는데, 이 같은 공동 작업은 동료들과 크고 작은 상처를 주고받기 마련이다. 영상 작업은 무거운 일이다. 장비의 무게뿐만 아니라 사람의 무게까지 더해. 현장의 피로감에 짓눌릴 때면 사진 찍는 시간이 그리워진다. 어디론가 훌쩍 떠나 단출한 카메라 한 대만을 달랑 쥐고 있을 때의 그 한없는 가벼움을.

　사람의 욕심이란 끝이 없다. 서 있으면 앉고 싶고 앉으면 눕고 싶은 게 인지상정 아니던가. 지금의 나는 사진을 찍을 때 최대한 가볍게 장비를 꾸리지만, 처음부터 그랬던 것은 아니다. 몇 번의 교훈이 나로 하여금 무거운 카메라를, 즉 욕심을 내려놓게 만들었다. 10여년 전 3년에 걸쳐 아시아 전역을 여행했다. 젊었을 때라, 패기가 넘쳤고 욕심 또한 넘쳤다. 당시에는 사진 산업이 필름에서 디지털로 옮겨가던 중이었는데, 나는 필름의 품격과 디지털의 효율성 사이에서 어느 한 쪽도 포기할 수 없었다. 결국 필름과 디지털 각각의 전문가용 카메라를 한 대씩 들고 여행에 나섰다. 렌즈가 여러 개였음은 물론이고, 수십 통의 필름을 항상 가지고 다녔는데, 모든 게 필수적이라고 생각했다. 방글라데시의 다카에서

은인을 만나기 전까지는. 그는 다름 아닌 도둑이다. 하룻밤
삯이 2달러에 지나지 않는데도 꽤나 쾌적하고 깨끗한 방에
묵게 되었다. 웬 횡재인가 싶었지만 그 날 밤, 도둑이 들어 내
모든 장비를 훔쳐갔다. 머리맡에 두었던 디지털 카메라만 빼고.
절망적이었다. 여행을 중단하고 귀국할까 싶었다. 사진을 못
찍는다니, 흥이 나야 말이지. 그래도 카메라 한 대는 남아있으니
어렵사리 마음을 다스려 여행을 이어가기로 했다. 그런데 이게
웬일인가. 한 짐이던 장비가 쏙 빠지자 배낭이 날아갈 것처럼
가벼 웠고, 여행은 더욱 경쾌해졌다. 그 동안 내가 맸던 장비의
무게는, 내 욕심의 무게란 것을 깨달았다. 도둑은 내 욕심도
함께 가져간 것이다.

　　또 다른 교훈 하나는 알프스에 산악스키 여행을 갔을 때다.
보통의 스키는 내리막길을 내려오는 도구지만 산악스키는
오르막길도 오를 수 있어, 스키를 신고 설산을 오르락내리락 할
수 있다. 프랑스의 '샤모니'에서 출발해 스위스의 '제르마트'까지
가는 '오트루트'를 일주일 동안 스키로 이동하는 여정이었다.
출발하기에 앞서 현지 적응 훈련을 했는데, 막상 해보니
세상에 이보다 힘든 일이 없었다. 설산 위에서 온 몸이 땀에
흠뻑 젖었고, 땀은 곧장 얼어붙었다. 너무 추웠고, 동시에 너무
더웠다. 아침에 가이드가 손바닥 두 개를 맞댄 크기의 초콜릿을
챙기게끔 했는데, 하나가 아니라 네 개 들이 묶음을 각자 챙기게
했다. 왜 이렇게 많이 챙기나 싶었지만 눈밭에 수시로 주저앉아
초콜릿을 우걱우걱 씹어 먹었다. 그때도 내 몸엔 카메라 두 대가

여행 사진

매달려 있었다. 큰 카메라 하나와 아주 작은 카메라 하나. 힘든 여정을 짐작해 이미 줄여놓은 장비였다. 베이스캠프로 돌아온 나는 큰 카메라를 내려놓고, 작은 카메라 하나만을 챙겼다. 본능적이었다. 아니면 길 위에서 죽을 것만 같았다. 그까짓 사진 좀 덜 찍으면 어때, 내가 여행을 왔지 출장을 왔나.

작은 카메라에는 광각렌즈가 달려있어 넓은 풍경을 찍기에나 마땅했지, 구체적인 장면을 찍기엔 역부족이었다. 피사체에 아주 가까이 다가가야 하는데, 눈 위에선 거동이 불편하니 사진 찍기를 포기해야 하는 경우가 많았다. 하지만 그것이야말로 여행사진의 본질이다. 찍을 수 있는 것만 찍고, 찍을 수 없는 것을 안타까워하지 않기. 사진을 위해 여행을 희생하지 않는 것.

지인들이 여행을 앞두고 카메라를 사기 위해 기종을 추천해달라는 요청이 많다. 그때마다 나는 시시한 답변을 내놓는다. 그냥 이쁘고 작고 가벼운 거, 아무거나 사라고. 물론 브랜드나 모델마다 특징이 다르긴 하지만 그건 너무나도 작은 차이에 불과하다. 사진에서 큰 차이는 카메라가 아니라 사진사에게 달려 있다. 카메라는 도구일 뿐이며 소모품에 지나지 않는다. 애초에 모든 상황을 만족시키는 카메라와 렌즈는 없다. 그 순간 손에 들려있는 카메라와 렌즈가 담을 수 있는 만큼만 사진이 된다. 욕심을 내려놓고 카메라에서 해방되면 여행은 더욱 즐거워지고, 사진은 더욱 좋아진다.

꼭 그곳이 아니어도 괜찮아

산문

청년 시절 나는 무척 가난했다. 일찌감치 영화 촬영 감독이
되겠다는 꿈을 가졌지만, 학업을 통해 꿈을 이루는 것은
언감생심이었기에 영화 현장 말단 스텝으로 들어가 생계를
해결하면서 촬영을 배워야 했다. 수년을 그렇게 했더니 어느
정도 직위가 올라갔고 통장에는 조금씩 잔고가 쌓이면서 당장에
급한 생활고를 고민해야 하는 처지에서 벗어날 수 있었다. 그럴
즈음 꿈을 위해서, 내 삶을 위해서 어떤 전환점이 필요하다는
생각이 들었고 이미 늦은 나이였지만 공부를 마저 하기 위해
유학을 알아보았다. 늦었다고 생각될 때가 가장 빠를 때라고
하지 않던가.

　　그러나 그것이 세상물정 모르는 헛된 희망이란 걸
알게 되기까지는 며칠 걸리지 않았다. 유학 상담을 받으며
내 잔고와 처지를 얘기하면 하나같이 불가능하다는 진단을
내리며 학비는커녕 비자도 받지 못한다는 말을 덧붙였다.
청춘을 다 바쳐 모았으나 내게만 거금일 뿐인 처량한 잔고였던
것이다. 그렇다고 국내 대학에 진학하고 싶지는 않았기에
대안으로 선택한 것이 여행이다. 유학하기엔 터무니없이
부족한 잔고였지만 아껴가며 여행을 하니 2년을 여행할 수
있었다. 당시 나에게 여행이란 재미로 떠나는 것이 아니었다.
세상을 보고 듣고 배우는 데 목이 말라 전재산을 들여 경력을
단절하면서까지 떠난 유학과 맞먹는 시도였다. 그랬기에 여행은
배움이어야만 했다. 여행지를 한국과 비교하며 다른 점을
발견해 내려고 무던히도 애를 썼고, 한국에선 볼 수 없는 것들을

찾아 헤맸다.

아이러니 하게도 긴 여행의 끝에 내가 발견한 가장 큰
배움은 한국과의 차이점이 아니라, 세계가 가진 '보편성'이었다.
이를테면 나는 여태 여행을 하며 두 번 도둑을 맞았는데, 한
번은 방글라데시에서였고 또 한 번은 호주에서였다. 도둑이란
부자 나라, 가난한 나라 할 것 없이 세계 어디에나 있는
것이었다. 그리고 그때마다 생면부지인 현지인이 나를 도와줘
위기를 극복할 수 있었던 것도 매한가지였다. 첨단을 선도하는
도시에서부터 자연그대로가 펼쳐진 환경에서 살아야 하는
오지까지 많은 곳을 여행해 보았는데, 사람 사는 곳은 어딜 가나
같았다. 겉으로 보기엔 다른 점이 많아도 조금만 유심히 살피고
생각해보면 근저에는 어김없이 보편성이 자리하고 있었다.

오늘날 세계는 초국적 기업들의 주도로 '글로벌화'가
진행 중이다. 다양한 나라와 민족, 사회가 단일한 시스템으로
통합되어가는 것이다. 세계 시민들의 사유체계와 태도, 행동과
같은 일상체계가 국경을 넘어 빠른 속도로 하나가 되어가는
중이다. 전 세계 어디를 가나 대형 마트가 있고 비슷하게
생겨먹은 쇼핑몰이 있다. 그리고 세계는 인터넷으로 연결되어
있고 방송은 위성을 통해 동시에 전 세계로 전파된다. 사람들은
비슷한 쇼핑몰에서 비슷한 옷을 사 입고, 같은 패스트푸드를
먹으며, 할리우드 영화를 보고, 같은 시간에 유럽 축구 중계를
본다. 문화의 고유성과 지역성이 빠른 속도로 사라지고 있다.
20세기에는 전혀 다른 사회를 여행하는 것이 가능했을지

모르겠지만 지금은 여간 어려운 일이 아니다.

　나는 명소보다 특별하지 않은 풍경에 더 끌린다. 도시의
후미진 뒷골목처럼 가만히 바라보았을 때 우리네 삶이 겹쳐
있는 풍경, 이름 붙일 수 없는 흔한 풍경 말이다. 그것이 세계의
실체에 더 가까운 것들이기 때문이다. 평범한 사람들이 만드는
평범한 풍경을 바라보며 까닭 없이 안도하곤 한다. 어쩌면
세계의 보편성이나 인간의 존엄성을 희미하게 품은 풍경을
바라보며 우리 모두가 평등해질 수 있다는 막연한 희망을 품는
것인지도 모르겠다.

　나에게 여행은 떠남 자체가 목적이고 내용이다. 세상
어디에나 있는 보편성을 확인하고 안도하기 위한 여행이지,
목적지를 가리진 않으니까. 며칠 전 연인이 내게 물었다. "우리
또 여행갈 거지? 어디로 갈 거야?", "갈 데 많지. 북유럽도
아직 못 가봤고, 자동차 빌려서 미국 횡단 여행해도 좋겠고,
파타고니아 트래킹도 괜찮고…" 한 달 남짓한 기간으로 다녀올
수 있는 여행지 몇 곳을 나열했지만, 그 장소들 사이에서 우열을
가리긴 어려웠다. 애초에 여행의 바람은 장소에 있지 않으므로.
소설가이자 탁월한 여행가인 김훈이 쓴 문장에 기대어 내
여행의 목적을 들려주고, 다음 여행지의 선택권을 그녀에게
주려한다.

**　"나에게 여행은 세계의 내용과 표정을 관찰하는
　노동이다. 계절에 실려서 순환하는 풍경들, 노동과**

휴식을 반복하면서 사람들이 살아가는 모습들, 지나가는
것들의 지나가는 꼴들, 그 느낌과 냄새와 질감을 내
마음속에 저장하는 것이 내 여행의 목적이다."

– 김훈,『라면을 끓이며』중

세상 곳곳을 고향으로 두었으니

바다를 촬영할 때마다 새삼 놀란다. 세상 모든 색이 다 녹아 있는 것처럼 다채롭기 때문이다. 태양이 비추는 빛에는 사람이 감지할 수 있는 일곱 가지 빛이 들어 있는데, 그중 파장이 짧은 푸른빛만이 바다에 흡수되지 않고 반사돼 산란하기 때문에 우리 눈에는 바다가 푸른색으로 보인다. 그러나 바다는 단 한순간도 움직임을 멈추지 않는 것처럼, 푸른색 한 가지에 머물지 않는다. 햇빛의 강도와 기울기에 따라, 깊이에 따라, 날씨에 따라서 시시각각 변한다. 나는 일을 하지 않을 때면 버릇처럼 여행을 가지만, 가끔은 여행이 아니라 그저 휴가를 가기도 한다. 동남아 어느 조용한 바닷가로 가서 선베드를 빌리고 그늘에 누워서 온종일 아무것도 하지 않는다. 사진도 전혀 찍지 않고 그저 책이나 조금 읽고 맥주 두어 병을 홀짝이며 바다를 바라보는 게 전부다. 바다는 늘 다채롭고 아름다워서 일주일을 그렇게 보내도 지겹지 않다. 끝이 가늠되지 않는 바다를 보고 있자면 혼탁한 고민으로 가득하던 가슴이 뻥 뚫리는 듯한 기분이 든다. 그렇게 비워낸 가슴은 바다에서 불어오는 희망으로 다시 차오른다.

　　잊고 지내는 사실이지만 지구의 70%는 바다다. 인간이 육지에 국경선을 긋고 서로 배척하며 전쟁을 벌일 때도 바다는 땅에서 일어나는 일과 무관하게 이웃한 바다와 몸을 섞으며 하나가 되기에 바쁘다. 인간이 제멋대로 바다를 태평양, 대서양, 인도양이라 구획을 나누고 다시 홍해, 지중해, 아덴만, 페르시아만 따위로 잘게 쪼개어 놓았지만, 바다는 육지처럼

인위적으로 나뉘지 않는다. 끊임없이 움직이는 유체여서 붙잡아
둘 수도 없고 벽을 세울 수도 없다. 세상의 모든 바다는 전부 다
연결된 하나의 바다일 뿐이다. 그리고 바다는 육지와 달리 따로
주인이 없다. 국토에 인접한 12해리(22km)만을 영해로 두어 그
나라의 통치권이 작용할 뿐이고, 영해 이외의 바다는 그 누구도
소유할 수 없다. 국토로부터 200해리(370km)를 '배타적 경제
수역'이라 해서 국가의 일부 권한이 미치기는 하지만, 귀속되는
것은 아닌 탓에 어떤 선박이라도 자유롭게 지나다닐 수 있다.

　　환경오염을 생각하면 바다는 더더욱 누군가가 소유할
수 없는, 인류 공동 자산이다. 그러니 바다의 환경 변화는 전
세계에 영향을 미친다. 중국에서 바다로 유입된 쓰레기는 한국
서해를 둥둥 떠다니고, 한국에서 버린 쓰레기는 일본 앞바다를
떠다니며, 일본의 쓰레기는 태평양 전역으로 퍼져 알래스카
근처 알류샨 열도에서도 발견된다고 한다. 또한 지구 온난화로
남극과 북극의 빙하가 녹으면서 지속적으로 해수면이 상승하고
있는데, 그 피해는 적도 부근의 여러 섬나라가 고스란히 안고
있다. 극단적인 예로 남태평양의 '투발루'라는 나라는 9개의
산호섬으로 이루어져 있는데, 지난 수십 년 사이에 두 개의 섬이
바다에 잠겼고 머지않아 모든 섬이 바다에 잠길 위기에 처해
있다고 한다. 이에 투발루 왕정은 '국토 포기' 선언에 이르렀고
지구 최초의 '생태 난민'이 되어 인접한 뉴질랜드로 해마다 수백
명씩 이주하고 있다고 한다. 제주도 앞바다에선 멸종 위기종인
참고래가 죽은 채로 발견되어 부검을 해보니 고래 뱃속에서

플라스틱 쓰레기, 낚싯줄, 부표에서 떨어져 나온 스티로폼, 초록색 나일론 끈 등이 끝없이 나왔다고 한다. 참고래의 활동 반경을 생각한다면, 그 쓰레기들이 비단 제주도 앞바다의 것만은 아닐 것이다.

이렇게 연결된 바다는 지구를 하나로 엮어낸다. 바다는 세상의 모든 방향으로 열려 있어 어디에도 닿을 수 있는 길이기도 하다. 수백 년 전 지금처럼 과학이 발달하지 않았을 때, 해변에 서 있는 누군가는 여기가 세상의 끝이라 여겼을 것이고, 모험심 강한 누군가는 미지의 세계가 시작되는 지점이라 여겼을 것이다. 중세 후기의 유럽에서는 육류를 저장하고 맛을 내기 위해 인도의 향신료가 필수적이었다. 그러나 동방으로 통하는 길목을 이슬람 세력이 막고 있어서 통행료와 세금, 중계 수수료라는 구실로 착취당하기 일쑤였다. 유럽의 여러 나라는 육지가 아닌 바다를 통해 인도에 닿기를 바랐다. 백 년이 넘는 시행착오 끝에 포르투갈의 '바스코 다 가마'가 인도 항로를 개척하였고, 포르투갈은 동방으로 향하는 해상 무역을 독점하며 세계 상업의 중심지가 되었다. 육지는 이슬람 세력이 막고, 바닷길은 포르투갈이 막으니 유럽의 다른 나라 입장에선 동쪽으로 가는 모든 길이 모두 막힌 셈이다. 그런 난국에 영웅이 등장했다. 당시에는 아무도 생각할 수 없었던, 서쪽으로 항해해서 인도에 가겠다는 사람이 나타난 것이다. 그가 바로 '콜럼버스'다. 그때는 지구 구체설이 막 피어나던 시기여서 바다 너머에 무엇이 있는지 아무것도 입증된 것이 없을 때였다. 콜럼버스의 무모한 도전 덕에 신대륙 아메리카가 유럽에 알려졌고, 그 도전을 이어받아 삼십여 년 후 '마젤란' 탐험대가 지구를 한 바퀴 도는 데 성공해 비로소 지구가 둥글다는 것을 입증하고 신대륙 너머에 있는 태평양의 존재를 세상에 알렸다.

　　나는 바다를 보면 언제나 가슴이 뛴다. 바르톨로뮤 디아스, 캡틴 쿡, 로알 아문센, 토르 헤위에르달을 비롯해 일일이 다 열거할 수 없을 정도로 많은, 바다를 향해 몸을 던졌던 탐험가이자 여행자였던 선구자들이 떠오르기 때문이다. 20대 초반, 나는 부산 근교의 여러 바다를 찍으며 사진을 익혔다. 바다는 나에게 정서적인 고향이어서 언제나 살갑다. 바다는 하나로 연결되어 있으니 세상 모든 바다가 내 고향인 셈이다. 얼마나 든든한 일인가, 세상 곳곳에 고향을 두었으니.

바다

베네치아

바다

바다

바다

그래서 우리는 결국 모국어
품으로 돌아온다

내가 여행을 하는 주된 이유 가운데 하나는 모국어로부터 벗어나는 시간이 필요하기 때문이다. 격무에 시달린 몸과 마음을 끌고 집으로 돌아와 세상에서 가장 편한 자세로 의자에 앉아 쉴 때조차 정신은 충분히 쉬지 못한다. 가만히 있어도 떠오르는 생각이 너무 많고, 신경 쓰고 싶지 않아도 들리는 소리, 보고 싶지 않아도 눈에 보이는 것들이 너무나도 많기 때문이다. 우리가 가진 수많은 내적 상처는 모국어를 매개로 전달되는 것들이다. 우리 시대를 광기로 물들이는 증오와 혐오를 전파하는 것 또한 무분별하게 뱉어내는 말과 글일 테니까. 사회나 정치 현안과 관련된 기사에 달린 댓글을 볼 때마다 모골이 송연해지곤 한다. 자신과 생각이 다르다는 이유만으로 어쩜 그렇게 잔혹한 말을 달 수 있는지. 결국엔 우리 시대가 안은 최대 난점은 소통이 아닐까. 불완전한 소통은 많은 순간 우리들을 고통으로 이끈다.

모국어가 들리지 않는 여행지에서 내 정신은 비로소 휴식을 취한다. 주변에 흘러다니는 외국어는 들어도 무슨 소린지 모르고, 눈에 보이는 것들을 애써 읽지 않아도 되니까. 한국을 벗어나면 언어가 바뀐 것은 물론이고 모든 환경이 달라지니, 정신이 리셋이라도 된 것처럼 세상이 새로워 보이고 새로운 생각이 들썩거린다. 가끔 모국어와 단절하는 것은 여러모로 정신건강에 도움이 된다. 여행지에서 나는 그 사회의 주변인에 지나지 않으니 자연스럽게 관찰자 시선으로 세상을 바라보게 된다. 그래서 한국에서도 늘 접하는 평범한 순간들이 여행지에선 다르게 감각되곤 한다. 또한 몸이 한국을 벗어나 있으니 일시적으로나마 한국 사회에서도 주변인 처지가 되어 조금 더 객관적이고 냉정하게 한국을 보게 된다.

오지까진 아니더라도 조금만 깊숙이 자연으로 들어가거나, 후미진 시골을 여행하게 되면 스마트폰의 전파가 끊기고 인터넷이 안 되는 곳이 세상에는 여전히 많다. 많은 여행자들은 기를 쓰고 그런 외진 곳들을 찾아 떠난다. 당장엔 불편할 것 같고 걱정이 앞서지만, 누군가와 며칠 정도 연락이 닿지 않는다 해도 우리가 받아들이지 못할 정도의 큰일은 여간해선 일어나지 않는다. 불과 10여년 전만 해도 해외를 여행하는 이유로 일주일씩, 보름씩 연락이 되지 않는 것은 당연한 일이었다. 세상의 소식이 풍문을 타고 아주 느리게 유입되는 외진 곳에서 여행자는 해방감을 느끼고 비로소 자아를 마주하게 된다. 세상과 관계를 잠시 끊고 모국어를 내려놓았을 뿐인데 그 홀가분함은 경이로울 정도다.

그러나 여행이 영원할 수는 없는 법. 우리는 결국 모국어의 품으로 돌아와야 한다. 그것이 여행자의 운명이다. 돌아오지 못하는 것은 여행이 아니기 때문이다. 돌아갈 곳을 잃은 사람들, 모국어 사회로 돌아가지 못하는 사람들은 난민이거나 디아스포라다. 미얀마 주류 민족의 만행과 학살을 피해 인접 국가로 탈출해야만 했던 로힝야 난민, 해방 이후 급변하는 정세 속에 귀국할 시기를 놓쳐버린 수많은 재일교포, 고려인, 조선족이 그렇다. 소수자인 그들의 처지를 생각하면 모국어 사회로 돌아갈 수 있다는 것은 커다란 축복이다. 누구라도 외국어를 습득할 순 있지만, 모국어를 바꿀 수는 없다. 옹알거리거나 우는 것 말고는 아무 말도 모르는 갓난아이가 엄마의 말을 흉내 내며 한마디씩 깨우쳐 가는 모국어 습득 과정은 작은 기적이라 부를 만하다. 일생에 두 번 겪을 수 없는 과정 아니던가(의미를 정확하게 전달하기 위해서는 모어mother tongue라 해야 맞지만, 한국은 단일민족 국가관을 가져서인지 모어와 모국어native language의 의미 구분이 크지 않다.).

시인 '파울 첼란'은 "오직 모국어로만 진실을 말할 수 있다. 만일 외국어로 시를 쓴다면 그는 거짓말을 하는 것이다."라고 했다. 유대인인 파울 첼란은 2차 세계대전 중 독일군에 의해 부모를 잃고 자신도 유대인 수용소에서 죽음을 맞이할 뻔했지만 기적적으로 생환한 사람이다. 애꿎게도 파울 첼란이 거주하던 루마니아 북부 지역은 독일어를 쓰는 지역이어서, 그의 모국어는 원수의 언어인 독일어였다. 하지만 파울 첼란은 사람들의 비난에도 아랑곳하지 않고 평생 독일어로 시를 썼다. 비록 이른 나이에 자살로 생을 마감했지만. 본능으로 체득한 모국어는 한 존재의 기반이자 사유의 근간이 된다. 취사선택할 수 없는 본질적 언어이다. 가족을 잃고 고향을 잃은 만신창이의 파울 첼란이 기댈 곳은 모국어밖에 없었을 것이다.

나는 영어를 잘 하지 못한다. 생존 영어는 조금 해도 제대로 된 대화를 나누기엔 턱없이 부족하다. 영어가 유창한 사람을 보면 그렇게 부럽다. 그러나 영어가 유창해서 외국인과의 소통에 문제가 없는 사람이라도 모국어로 충분히 대화하지 못하는 시간이 길어지면 누구라도 정서적으로 피폐해지고 외로움을 느낀다. 난민이나 디아스포라는 말할 것도 없고 유학생이나 이민자의 면면을 살펴보는 것만으로도 충분히 짐작할 수 있다. 나는 모국어의 굴레에서 벗어나는 경험을 그토록 사랑하면서도 그 시간이 한 달을 넘기고 두어 달에 이르면 여지없이 깊은 모국어 향수에 빠진다. 영어에 서툴러서 외국에서 원활한 소통을 하지 못하는 문제 때문만은 아닐 것이다. 신이 나서 여행을 떠났어도 돌아올 때는 더욱 신이 난다. 보고 싶은 영화, 읽고 싶은 책, 대화 나누고 싶은 친구들이 가득한 모국어 사회는 내 정신의 고향이므로.

오은우

오혼모

국밥 한 그릇의 힘

러시아의 항구 도시 블라디보스토크 여행을 다녀왔다. 한국에서 가장 가까운 유럽이라는 타이틀을 가진 도시답게 일본으로 가는 정도의 비행시간으로 아시아를 완전히 벗어난 도시를 만날 수 있었다. 블라디보스토크은 음식에 대한 만족도가 높은 곳이다. 서양식 중에서도 너무 뻔하지 않은 동유럽 전통음식이 다양하고 킹크랩을 비롯한 해산물도 풍부하고 저렴했으며, 유제품이나 빵 또한 한국과 비교할 수 없을 정도로 다채로웠다. 한국, 중국, 일본 음식을 전문으로 하는 식당이 즐비했고 심지어는 북한 식당까지 있었으니 식도락가들에겐 그야말로 천국이다. 그러나 나는 별미에 연연하지 않고 끼니를 대충 때웠다. 몇 번은 숙소에 딸린 주방에서 라면을 끓여 먹었고, 대부분은 마트에서 산 샐러드나 과일로 끼니를 때웠다. 아니면 아예 굶거나.

나는 음식 먹는 것에 그다지 관심이 없다. 여행이 주는 큰 즐거움 하나를 놓치고 있는 셈이다. 주머니 사정이 넉넉지 않던 청년시절에 여행을 다니자니 이것저것 욕망을 다 채울 수가 없어 가장 먼저 포기해야 했던 것이 식도락이었는데, 그 시절 몸에 밴 습관이 여태 이어지는 듯하다. 물론 나도 처음에는 이국 음식을 접하는 경험을 아주 중요하게 여겼다. 뉴욕으로 출장이라도 가게 되면 스테이크를 비롯한 양식을 먹을 생각에 설레곤 했는데, 결정권을 가진 어른들은 매 끼니 맨해튼 한가운데에 자리 한 유명한 한국 식당으로 향했다. 여기까지 와서 도대체 왜! 멕시칸 쉐프가 끓여낸 설렁탕에 감탄을 쏟아내는지 도저히 이해할 수 없었다. 그러나 요즘은 내가 나서서 동료나 후배들을 설득해 한국 식당으로 가곤 한다. 어느덧 나도 그저 익숙한 음식을 배불리 먹는 게 좋은 '꼰대'가 된 것이다. 몇 번의 혹독했던 경험을 탓하고 싶다.

커피의 무역 루트를 추적하는 다큐멘터리를 촬영하기 위해 서아프리카로 출장을 간 일이 있다. 워낙 풍토병이 만연한 곳이라 황열병, 뎅기열, 장티푸스를 비롯해 예방접종을 필수적으로 맞아야 했고, 현지인 요리사가 제작진과 동행하며 식사를 제공했다. 음료나 초콜릿 같은 간식까지도 요리사가 주는 것만 먹을 수 있고 현지에서 어떠한 음식을 사먹는 것도 금지됐다. 요리사가 동행했다고 해서 맛있는 음식이 먹을 수 있었던 것은 아니다. 한 달 내내 똑같은 재료로 만든 스파게티와 볶음밥을 끼니마다 번갈아 가며 먹어야 했다. 병에 걸리지 않고 목숨을 부지하기 위한 끼니였다. 다채로운 식자재를 구할 수 없는 오지였고 아프리카인 요리사가 한식 레시피를 가졌을 리도 없었다. 40~50도에 이르는 더위보다 스파게티가 더 두려웠다. 그럴 땐 어떤 산해진미보다 된장찌개나 국밥 한 그릇이 간절해진다.

티벳을 여행할 땐 때, 고산병을 앓은 적이 있었는데 코르크 마개가 식도를 막고있는 듯한 통증 때문에 어떤 음식도 쉬이 넘어가지 않았다. 따로 약이 없는 병이라 병원에 가도 고작 포도당 링거를 맞는 것이 다였다. 그렇게 이틀을 앓고 나니 배낭 구석에 들어있던 고추장과 라면이 생각났다. 여행 중에 만났던 어떤 한국인이 먼저 귀국하며 남겨준 것이었는데, 까맣게 잊고 있던 것이 몸이 축나자 떠올랐던 것이다. 밥에 고추장을 비비고 라면을 하나 먹었다고 해서 고산병이 낫진 않았지만, 컨디션이 한결 좋아진 건 분명했다.

이국 음식에 흥미를 가지는 것도 본능이지만 반대로 몸과 마음이 힘들거나 아플 때 가장 익숙한 음식을 찾게 되는 것도 본능이다. 이른바 소울푸드. 어떤 문화에서는 터부시 하고 먹지 않는 음식이 다른 문화에서는 아주 귀한 음식이 되기도 하는 것처럼 우리 모두에겐 각자의 소울푸드가 있다. 어느 함경도식 냉면집에선 함경도가 고향인 사람들이 갈 수 없는 고향을 그리워하며 정기적으로 모인다고 한다. 그분들에겐 냉면이 소울푸드인 것이다. 부산이 고향인 내 소울푸드 목록엔 돼지국밥이 있다. 부산에선 정말 흔한 음식인데, 경상도를 벗어나면 제대로 맛을 내는 곳을 만나기 힘들다. 부산에 가게 되면 꼭 돼지국밥을 먹는다. 부산에게 건네는 일종의 인사 같은 나만의 작은 의식이다.

나는 베트남 쌀국수도 즐긴다. 베트남을 여행하며 좌판 식당에 쪼그려 앉아 우리 돈 오백 원 정도 하는 쌀국수를 함께 먹던 현지 친구들이 그립기 때문이다. 말도 제대로 통하지 않았지만 쌀국수는 응당 이렇게 먹어야 한다는 것을 알려주듯, 손으로 라임을 꾹 짜서 내 몫의 쌀국수 위에 뿌려주던 친구들을 어찌 그리워하지 않을 수 있겠는가. 그리고 '칭자오러우쓰'라는 고추잡채도 즐긴다. 중국을 여행하며 매일같이 먹던 음식인데, 채 썬 고추와 돼지고기를 볶은 간단한 음식이다. 식당마다 맛의

편차가 적어 실패할 확률이 낮았고 무엇보다 저렴했다. 매일 점심을 진저로스 한 접시를 시켜 절반만 먹고 남은 절반은 싸달라고 해서 배낭에 넣고 다녔다. 그러면 저녁엔 공기밥만 하나 사서 숙소로 돌아와 남은 칭자오러우쓰를 먹었다. 지금 생각하면 무슨 청승이었나 싶지만 그때는 돈을 아껴 여행을 길게 하는 것이 무엇보다 중요했다. 가난했던 여행을 추억하며 나는 여전히 칭자오러우쓰와 쌀국수를 찾는다. 그래서 두 음식도 당당히 내 소울푸드의 목록에 들어간다. 진미라 할 순 없어도 음식에 얽힌 추억이 내 안에 생동하고 있으니 자격이 충분하다. 낯선 음식보다 익숙한 음식에 이끌리며, 오래된 여행자는 그렇게 나이들어 간다.

서울푸드

319

소울푸드

낯선 바깥을 만나기 위해

여행지에서 숙소를 고를 때 가장 중요하게 여기는 부분은
창문이다. 온라인으로 예약할 때 창문에 대한 정보가
미진하다면 그 방은 거들떠보지 않는다. 직접 방문해서 숙소를
정할 땐 주인에게 창문이 크게 난 방을 보여달라고 말한다.
창밖으로 보이는 풍경이 마음에 들면 숙소를 구성하는 다른
요소들이 조금 미진하더라도 별로 따지지 않는다. 청결이나
정숙함, 조도, 냉난방 이런 것들. 그렇다고 해변에 면한 호텔의
'오션뷰'처럼 웃돈을 치러야 하는 절경을 좇는 것은 아니다.
정제된 풍경보다는 내가 여행하는 그곳의 정취를 들여다볼 수
있는, 있는 그대로의 풍경을 바란다. 그러니 오션뷰보다는 그
반대편에 있는 '시티뷰'를 더 선호한다. 일상적인 동네 풍경도
가만히 들여다보고 있으면 시간 가는 줄 모르게 재밌다. 나와
다른 복장을 하고, 내가 먹는 것과 다른 식재료를 들고서, 내가
사는 집과 다른 양식으로 지어진 집으로 들어가는 사람만
보아도 좋다. 얼핏 세상이 비슷한 거 같아도 지역이나 국가마다
여전히 정서가 다르고 당대의 유행은 제각각이다. 그런 작은
차이를 읽어내는 맛으로 창문을 들여다본다. 내게 세상 모든
창문은 현지 영화가 상영되는 스크린이다.

　　창문은 안과 밖을 나누는 경계인 동시에 안과 밖을
연결하는 통로이기도 하다. 비바람과 같은 각종 위험으로부터
우리를 보호해 주지만 여전히 세상을 향해 열려 있어,
객관적이고 안전하게 세상을 바라보게 해준다. 더욱 유연한
사고와 다양한 생각을 갖기 위해서라도 익숙하지 않은

창밖 풍경이 필요하다. 그래서 우리는 여행을 한다. 낯선
창문을 만나기 위해. 서울의 내 방에 난 창문과 종종 들러
글을 쓰는 카페의 창문 너머로 상영되는 서울의 풍경은
익숙한 탓에 시큰둥하다. 눈길이 가지 않는 창문은 막혀있는
것과 매한가지다. 나의 생각과 감각들이 창문을 넘나들며
세상과 교호하지 못하고, 내 안에서 맴돌다 사그라든다.
반면 여행지에서의 창밖 풍경은 온통 처음 보는 것들이니
온몸이 호기심으로 가득 차오르고, 생각은 활발해지며 감각은
선명해진다.

세상과 나를 만나게 하는 매개라는 점에서 카메라는
창문과 닮았다. 휴대용 창문을 가지고 다닌다고 해도 좋겠다.
뷰파인더라는 창문을 통해 바라본 세상을 기록한 것이
사진이니까. 낯선 창밖 풍경을 통해 깨어난 감각과 감정들,
활발하게 펼쳐지는 생각들, 나를 에워싼 여행의 정취들. 혼자
가지기엔 과분한 순간들이라 다른 사람들과 공유하기 위해
사진을 찍는다. 그리고 여행에서 돌아와 세파에 흔들리는 동안,
삶의 용기를 잃어갈 게 뻔한 나를 붙들어두기 위해 사진을
찍어둔다. 두고 꺼내어 보기 위해.

세속의 삶에 묶여 오랫동안 여행을 떠나지 못할 때면, 지난
여행 사진들을 괜히 꺼내어보며 여행을 추억하곤 한다. 낯선
창밖에 대한 갈증을 시원하게 풀어주지는 못해도, 그럭저럭
견딜 만하다. 매일 보는 서울의 창밖 보다는 나으니까. 과거에
경험한 일을 머릿속에서 한 장의 사진으로 떠올려 경험 전체를

기억하는 것을 '포토그래픽 메모리Photographic Memory'라 한다.
사진 한 장엔 찰나의 순간만이 아니라 전후의 시간이 함께
담기기도 한다. 마음을 한 데 모으고 가만히 사진을 바라보고
있으면 사진 속 이미지들이 움직이는 것만 같다. 마치 실제로
창문을 통해 바깥을 내다보고 있는 것처럼. 사진을 통해
생생하게 살아나는 여행의 순간들을 반추하다 보면, 새삼스럽게
사진의 위력을 다시 느끼게 된다.

여행을 기록하는 오래된 방법은 여행기를 쓰는 것이다.
동방견문록, 괴테의 이탈리아 기행, 하지만 글쓰기는 만만치
않다. 사진사인 나는 글쓰기가 익숙하지 않아서 그런지
매달 짧은 연재 글을 쓸 때마다 쩔쩔맨다. 단어 몇 개 겨우
끄적거렸는데 한 시간이 훌쩍 지나가 있곤 한다. 반면 사진은
글보다 수고가 적지만 보다 직관적이며 더욱더 생생하게
전달된다. 백문이 불여일견百聞不如一見이라 하지 않던가.

인간의 진화 과정에서 뇌 일부가 외부로 돌출하면서
눈이 만들어졌다고 한다. 눈은 그만큼 뇌와 가까이 연결된
감각기관이다. 인간의 사유체계가 눈에 많이 의존한다고
하니, 그만큼 '본다'는 것은 세상을 경험하고 이해하는 탁월한
방법이다.

329

창문

330

길 위의 모든 것을 사랑하고 오라

내 인생에서 가장 빛났던 순간은 여행할 때였다. 젊었을 땐 세상을 향한 호기심으로 가득 차서 이국의 뒷골목을 하루 종일 쏘다녀도 힘든 줄 몰랐고, 먹은 거라곤 비스킷 한 봉지가 다였어도 배고픈 줄도 몰랐다. 아무리 낯선 행선지를 가더라도 무섭지 않았다. 말이 통하지 않는 외국인들의 작은 몸짓을 읽어가며, 미세한 표정 변화를 느껴가며 며칠씩 같이 지내도 즐겁기만 했다. '소통'에서 '언어'가 차지하는 비중이 의외로 적을 수 있다는 깨달음은 그때 경험을 통해 가지게 된 것이다. 그 시절 나는 몸과 마음이 건강했음은 물론이고, 감수성도 예민해서 세상의 작은 일에도 크게 감동했고, 반대로 상처도 많이 받았다. 이른바 '청춘'의 시절이었다. 푸를 청靑, 봄 춘春, 만물이 푸른 봄날이라는 뜻의 청춘은 인생에서 가장 싱그럽고 활기차며 건강한 시절을 이른다.

안타까운 일이지만 내 청춘은 여행에 실려 시간 저편으로 모두 떠내려가고 없다. 나는 이제 이해타산 없이 순수하게 감동하지 못하는 것 같고, 맥주 서너 캔만 마시면 떨쳐버리지 못할 상처도 없을 것만 같다. 가슴 한곳에는 경미한 우울감이 조금씩 자리를 잡아가는 것 또한 한국 사회에서 살아가는 누구나 피하지 못하는 중년이 되어간다는 신호일 것이다.

촬영 현장에서 나를 도와 일을 하는 촬영팀은 대부분이 청년들이다. 에너지가 철철 흘러넘치는 그들을 보고 있노라면 내가 어느덧 중년에 들어섰다는 것이 더욱 와 닿는다. 그들과 하루 종일 붙어있으니 업무 이외에도 일상적인 대화를 많이 나눈다. 그들이 품고 있는 고민을 자연스럽게 듣곤 하는데, 그건 한국 사회가 해결하지 못한 실업 문제, 고용 불안, 저임금 구조, 주거 불안 같은 것들과 크게 다르지 않다. 사회 양극화가 극심해서 요즘 청년들이 느끼는 박탈감이나 피로감은 그 어느 때보다 높은 모양이다. 취업 경쟁을 뚫기 위해 과도한 스펙 경쟁을 해야 하고, 결혼마저도 경쟁해야 한다. 공부해서 직업을 가지고, 결혼해서 아이 낳는 것이 욕심이 아니라 누구나 누릴 수 있는 보편적인 삶인데 말이다. 무엇보다 안타까운 것은 청년들이 지나친 경쟁을 치르는 동안 인생의 주체가 되지 못하고 객체가 되어간다는 데 있다. 하지만 나는 비혼주의자이며 고졸 학력에 머문 사람이라 그들에게 도움이 될 만한 지침을 가진 게 없다. 내가 청년이었을 때도 수많은 불안에 시달렸으니 '청춘은 다 그런 거야'라는 어쭙잖은 위로를 건네고 싶은 마음은 더더욱 없고. 그래도 이왕에 나도 청춘을 살아본 사람이니, 같은 사회의 구성원으로서 조심스럽게 한마디 거들자면 여행을 다녀오라는 말을 해주고 싶다. 아마도 내가 그들에게 건넬 수 있는 유일한 말이리라. 여행이 너를 위로해 줄 것이고, 용기를 북돋아 줄 것이라고. 길 위에 선 청춘만큼 세상에 아름다운 것이 없다고. 오래된 여행자가 경험해 보아서 알고, 그러한 청춘들을 많이 보아서 안다고.

　　다행인 것은, 애써 여행을 종용하지 않아도 요즘 청년들은 여행을 많이 다닌다는 것이다. 예전에는 여행이 사치에 가까운 일로 인식되었다면, 지금은 삶에 필수 요소로 제법 인정받는

느낌이랄까. 예를 들면, 촬영팀 후배에게 새로운 프로젝트를 제안했는데, 그가 여행을 가기로 한 기간과 겹친다며 제안을 거절하는 경우가 그렇다. 과거에는 여행이 선배의 제안을 거절하는 이유가 될 수 없었다. 여행을 취소하거나, 다른 이유를 둘러대야만 했다. 모르긴 해도 여느 직장에서나 감지되는 시절의 변화일 것이다. 물론 그들은 충분히 조심스럽고 정중하게 거절한다. 그럴 때면 만감이 교차하는 게 사실이다. '나 때는 안 그랬는데, 세상이 변했어'라며 본전 생각이 잠깐 스치기도 하고. 하지만 결국엔 그런 후배들이 반갑다. 여행의 위상이 변한 것은 더 반갑고. 그리고 당부도 잊지 않는다. 앞으론 더욱 당당하게 얘기하라고. 여행은 네 인생을 네 뜻으로 이끄는 권리를 장전하는 일이니까. 조금 적게 일하고, 적게 벌어도 괜찮으니 최선을 다해 더 길게 여행하고, 더 자주 여행하라고. 가서 길 위의 모든 것들을 사랑하고 오라고. 여행을 떠나는 가장 큰 목적은 배움이나 교양이 아니라 즐기는 것이니, 인생에서 가장 아름다운 푸른 봄날을 마음껏 즐기다 오라고.

갈 길 바쁜 청년들에게 웬 악마의 유혹 같은 소리냐고 할지 모르겠지만, 내가 보기엔 그들에게 긴급하게 필요한 것은 미래를 위한 조언이 아니라, 현재 시간을 충실하게 누리라는 부추김과 응원이다. 켄 로치 감독님도 말씀 하셨다. 사람은 빵만으로 살 수 없다, 장미도 함께 필요하다고.

이 모든 걸 더 사랑하기 위해

인간은 '이동' 하는 본능을 유전자에 품고 있을 것이다. 태고적
인류는 어디로든 끊임없이 이동해야만 생존할 수 있었다.
사냥감을 쫓아 이동하고 자연의 역경을 피해 이동하며 지구
곳곳에 인류가 퍼져 살게 된 것이 인류사 아니던가. 인류가
농경 생활을 시작하며 한곳에 정착하게 된 이후에도 이동은
생존을 위해 여전히 필요한 일이었다. 인류는 살아남기 위해서
어딘가로 더 멀리, 더 높이, 더 빨리 가기를 바랐다. 그런 욕망이
수만 년 동안 겹겹이 쌓여 이동은 인간의 본능이 되었다. 지금
인류는 지구의 모든 극점에 발을 디딘 것에 만족하지 않고
달에 착륙하였고, 이제는 화성을 가지 못해 안달이다. 비행기는
진작 음속을 돌파했고, 기차까지 음속을 돌파하기 위해 개발이
한창이다.

여행은 필연적으로 이동 수단을 필요로 한다. '이곳'에서
'저곳'으로 옮겨가야 여행이 성립되니까. 원시적인 형태의 이동
수단에서 시작해 첨단 기술이 집약된 이동 수단에 이르기까지,
온갖 시행착오와 희생을 치르며 끊임없이 이동 수단을 개발해낸
인류를 생각하면 고마움을 넘어 숙연한 마음마저 인다. 여행을
좋아하는 나는 세상 모든 이동 수단을 사랑한다. 그 많은 이동
수단 중에서도 무동력 이동 수단엔 더욱 강렬하게 이끌린다.
카약, 스키, 자전거, 요트처럼 수백 년, 수천 년 전 발명 당시의
단순한 작동 원리가 여전히 유효한 이동 수단 말이다.

나는 그것들을 타며 오래전 인류를 가만히 상상하곤
한다. 카약을 타며 이누이트 민족의 어느 가장을 떠올려본다.

그는 사흘 밤낮을 칼바람이 부는 바다 위에서 카약에 앉은
채로 끼니를 때우고 쪽잠을 자며 기어이 바다표범 한 마리를
사냥하는 데 성공한다. 어른 두엇보다 무거운 바다표범을
선체에 걸치자 카약이 위태로울 정도로 휘청인다. 하지만
가족들을 먹일 생각을 하면 돌아가는 길은 가볍기만 하다.
그리고 스키를 탈 때는 폭설로 길이 막힌 알프스 산골 마을의
어느 어머니를 떠올려 본다. 그녀는 아픈 딸을 위해 밤새 스키를
타고 국경 너머의 먼 마을에 가서 약을 구해오는 중이다. 온몸이
땀에 젖어서 시리고 다리가 너무 아프지만, 앓고 있을 딸을
생각하면 잠시도 쉬어 갈 수 없다. 덕분에 그녀의 딸은 생명을
부지하게 될 것이고, 나중에 자라서 똑같은 이유로 밤새 스키를
타게 될 것이다. 이처럼 원시적인 형태의 무동력 이동 수단은
누군가를 먹이고 살리는 데에 쓰인 것들이었다. 물론 요즘에는
최첨단 소재와 기술로 개량되어 여행이나 탐험, 혹은 레저의
영역에서 명맥을 이어갈 뿐이지만.

　　무동력 이동 수단은 동력을 쓰지 않는 만큼 오직 자신의
힘과 기술로만 나아가야 한다. 성실하게 몸을 써야만 나아갈 수
있는 정직한 이동 수단이라는 점이 매혹적이다. 바람이나 물살
등의 자연환경을 활용해야 하고 눈앞에 놓인 난관을 피해가야
하니, 자연을 면밀하게 살피게 된다는 점 또한 매혹적이다.
그러니 무동력 이동 수단은 우리를 목적지로 옮겨주는 것뿐만
아니라 이동하는 데 쓰이는 모든 시간을 찬란한 여행의
순간으로 만들어 낸다. 사람들이 떠드는 소리, 차가 지나가는

소리, 기계가 돌아가는 소리 등 온갖 소음으로 가득한 세상을
떠나 침묵만이 흐르는 자연 속에서 무동력 이동 수단으로
나아갈 때면, 내가 만드는 작은 소리만이 들려온다. 숨소리 같은
것들. 지친 몸은 한 발 내딛고, 팔 한 번 뻗는 것조차도 힘드니
자칫 잘못하면 땅에 꺼꾸러질지도 모르고 바다에 빠질지도
몰라 동작 하나하나에 집중하게 된다. 그러는 동안 잡념은
저절로 사라지고, 고통을 매개로 온몸의 감각이 깨어난다. 마치
내가 우주의 중심이 된 것만 같다. 비로소 그동안 잊고 살았던
자아와 만나는 순간이 찾아온 것이다. 이 순간을 위해 그렇게
힘들게 땀을 흘리며 노력한 것이었다. 세상의 모든 이동 수단은
속도를 경쟁해야 하는 숙명을 안고 있다. 하지만 여행만큼은
경쟁할 필요가 없다. 이미 우리는 숱한 경쟁 속에서 부대끼며
살아가는데 무엇 하러 여행까지 경쟁한단 말인가. 무동력 이동
수단을 운용하는 데 필요한 것은 오직 자신의 몸밖에 없으니,
경쟁상대가 있어야 한다면 나 자신이면 충분하다. 외부의
적과 싸우는 것이 아니다. 오직 내 내면과 겨루는 것이다. 더
강해지고 자신을 더 사랑하기 위해.

　나는 평균 정도의 체형을 가졌고 딱히 운동 신경이 좋지도
않지만, 카약, 스키, 자전거, 요트와 같은 무동력 이동 수단으로
탐험하는 것을 즐긴다. 때로는 운 좋게 전문가들 틈에 끼어
고도의 탐험에 동참하기도 하고, 때로는 초보자 수준에 맞춘
목적지조차 도달하지 못할 때도 있다. 그럼에도 그 모든 탐험과
도전이 나에겐 작은 성취다. 성공한 탐험만이 가치 있는 것은

아니니까. 때로는 실패했기 때문에 더 뜻깊은 경우도 있다.

　무동력 이동수단을 타고 여행에 나서면 그렇게 가슴이
뛴다. 그럴 때면 평소의 삶에서 가슴 뛰는 일이 정말 없었다는
것을 새삼 깨닫는다. 가슴 뛰는 것이 멈추면 사람은 죽는
것이니, 나는 어쩔 수 없이 탐험에 나선다.

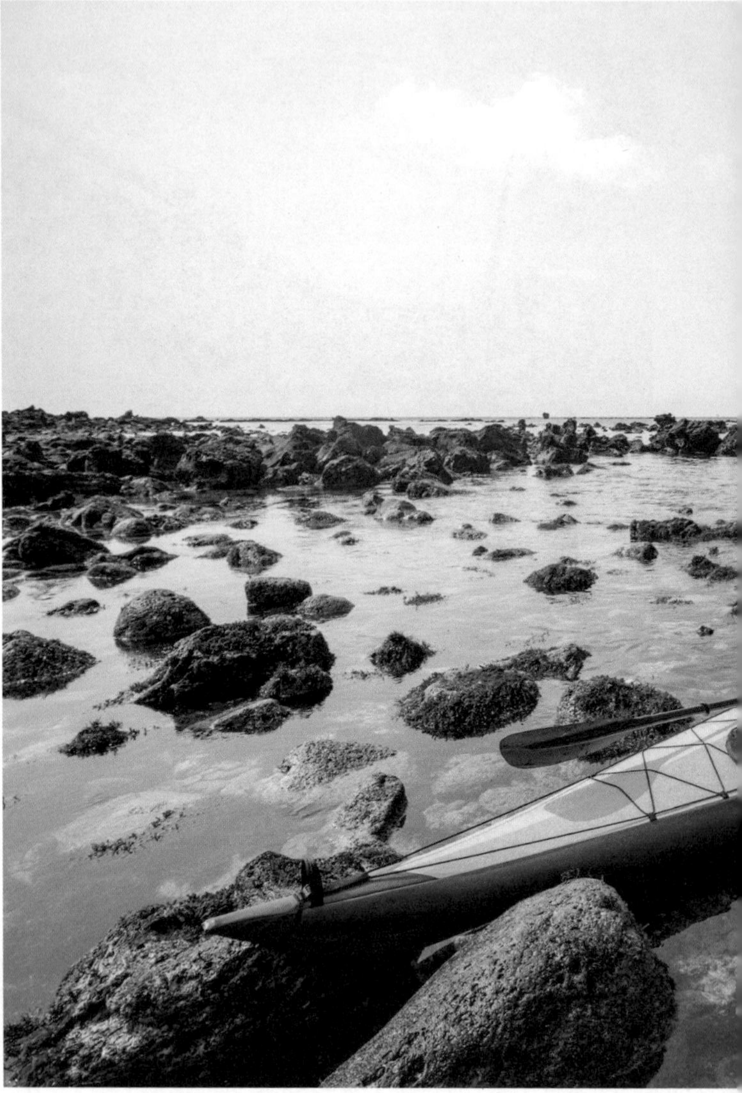

그곳이 어디든, 네가 누구든

여행은 과거와 현재, 그리고 미래가 겹겹이 쌓인 시간을
가로지르며 걷는 일이다. 기를 쓰고 과거를 지워버리는 한국과
달리 유럽은 어딜 가더라도 고풍스런 운치가 도시를 가득
채우고 있었다. 여행자 입장에서 근사한 도시란 첨단의 인프라
보다는, 그 도시를 살아가는 사람들의 삶이 스며있는, 도시의
인상이 뚜렷한 곳이다. 그리하여 여행의 기억도 선명해지는.

유럽은 도시의 시설물이 수십 년이 지나 퇴락한 것을
보수해 가면서 쓰는 경우가 많은데, 언뜻 보아선 너저분해
보이기도 하지만, 시간의 온기처럼 느껴지기도 하고, 도시
전체에 생동감을 더하는 것 같기도 했다. 낡은 것이 나쁜 것만은
아니라는 여행의 경험이 쌓여서인지 오래된 스마트폰이나
노트북이 조금 불편해도 그럭저럭 감내하고 부품을 바꿔가며
쓰는 일에 재미를 붙이고 있다. 최신형에 비해 성능은
떨어지지만 나와 긴 시간을 함께한 이력을 생각하면 그
소중함을 함부로 외면하기 어려워진다. 옷가지도 마찬가지다.
색이 바래고 낡을수록 기품을 더하는, 새 옷이 결코 품지 못할
세월의 멋이란 게 분명히 있다. 내 옷장엔 그만큼 오래된
옷이 없긴 하지만 지금 가진 옷들을 오래도록 입을 것이라는
다짐을 하곤 한다. 나에겐 없던 가치관이 생긴 것이니 여행의
유산이리라.

유럽과 북미 여행을 반추해보면, 알게 모르게 차별이나
멸시를 당하곤 했던 것 같다. 우리 주변에도 가난한 나라
사람들을 함부로 대하는 이들이 더러 있지 않던가. 쉽게

일반화 할 수 없는 일이긴 하나, 한국에 대해 어떠한 인상도
가지지 못한 그들이 지레짐작으로 아시아의 여느 후진국에서
온 여행자로 여겨 상식 밖의 언행을 보이곤 했던 것이리라.
요즘엔 '싸이'를 거쳐 'BTS'에 이르기까지 K팝이 큰 몫을 해
주어서 나아졌지만, 10여년 전만해도 한국에서 왔다고 하면
대화의 상대방은 '삼성'이나 '현대'라는 기업 이름을 가까스로
떠올리고는 그게 끝인 경우가 많았다. 한국에 대해서 아는 것도
없고 딱히 알고 싶지도 않은 듯한 그들의 시큰둥한 반응을
보며 내 고국이 그 정도로 시시한 나라는 아닐 텐데, 무언가
아쉽고 허전했다. 한국전쟁 전 해외 원조를 받는 처지에서
지금은 세계 10위권의 경계 대국이 되어 원조를 주는 나라가
되었고, 평화적이고 수평적인 정권교체를 이루어 아시아에서
민주주의가 가장 잘 정착한 나라로 평가받는데 도대체 뭐가
부족한 걸까? 그런 의문과 함께 여행의 화두가 생겼었다.
여행지의 다양한 문화를 몸으로 접하며, 한국 사회에 부족한
것이 무언지 고민해 보는 것. 고민의 결과를 거칠게 축약하자면,
한국은 '관용'과 '여유'가 부족한 사회였다.

　　프랑스 파리에 폐쇄된 백화점 건물이 방치되어 있었는데,
세 명의 가난한 예술가들이 무단으로 점령해 작업실로 삼은
사건이 있었다. 건물의 법적인 주인이었던 프랑스 정부는 여러
차례 퇴거 명령을 내렸지만 그들은 응하지 않았고, 프랑스
정부는 결국 소송을 걸어야 했다. 그러나 언론과 정치인,
시민단체 등에서 이 사건을 문화운동으로 규정하고 세 예술가를

지원하면서 사건은 복잡하게 흘러갔다. 그러자 당시의 파리 시장이었던 '베르트랑 들라노에'가 시의 재산으로 건물을 매입해 더 많은 예술가들이 그곳을 사용할 수 있게 했다. 지금은 '59 리볼리59 Rivoli'라는 이름을 달고 여러 예술가들이 입주한 아틀리에이자 전시장으로 쓰인다. 무단 점거를 공적으로 수용하는 관용 정신이 돋보이는 이 아름다운 일화가 과연 한국에서 가능할까? 그리고 한국에서 삶의 여유를 온전하게 누리는 사람이 얼마나 될까? 10대는 대입 시험을 위해, 20대는 취업을 위해, 30대는 승진을 위해, 40대는 대출금 갚고 자식들 뒷바라지에 온 인생을 바쳐도 좌절하기 일쑤다. 저녁이 되어 온 가족이 만나도, 구성원 모두 녹초가 되어있으니 화목도 뒷전이다. 가난한 사람은 가진 게 없어 여유가 없고, 부자는 가진 것을 지키기 위해 여유가 없다. 이렇게 살면서 우리의 얼굴은 화난 표정으로 일그러진 채 굳어간다. 미래에 여유를 가지기 위해 현재의 여유를 헌납하는 것이 과연 바람직한 일일까?

관용과 여유는 묘하게 '사랑'과 이어진 말이다. 관용이란 타인을 배척하지 않고 사랑하여 포용하는 일이니까. 우리에게 여유가 필요한 까닭은 자신과 주변 사람들을 조금 더 사랑하기 위한 시간을 갖기 위해서다. 사랑만 하고 살아도 시간이 모자랄 텐데 우리는 너무나도 많은 증오와 혐오를 일삼는다. 그러다 문득 '시'를 읽어야겠다는 생각에 이르렀다. 시가 한국 사회에 관용과 여유를 가져다주지 않을까? 어쩌면 한국 사회에 보다 긴급하게 필요한 것은 시인지도 모르겠다. 어쩜 그동안 시를 이렇게 까맣게 잊고 살았을까. 학창 시절에는 꽤나 읽은 거 같은데, 주변을 둘러보아도 시를 읽는 사람이 드물다.

> "시 평론가 데이비드 오어David Orr가 보고하기를, 어떤 임의의 X에 대해 '나는 X를 좋아한다'와 '나는 X를 사랑한다'의 구글 검색 결과를 비교해보면, 대체로 '좋아한다like'가 '사랑한다love'보다 세 배 더 많다고 한다. X 자리에 '영화', '여행', '맥주' 따위를 넣어 봐도 좋다. 그러나 이상하게도 '시poetry'만은 결과가 반대여서 시를 사랑한다고 말하는 사람이 두 배 더 많다고 한다. 왜일까?
> "나로 하여금 좀 더 나은 인간이 되고 싶다는 생각을 하게 만드는 사람은 내가 '사랑하는' 사람들이다. 그리고 훌륭한 시를 읽을 때, 우리는 바로 그런 기분이 된다."
> – 신형철, 「펴내며」, 황유원 외, 『너의 아름다움이 온통 글이 될까봐』 중

시는 사랑이고 사랑은 곧 시다. 서양의 지식인들은 여전히 시 백 편 정도는 교양으로 외운다고 한다. 그런 생활 습관과 가치관이 쌓여 삶의 질을 높이는 것이리라. 요즘의 나는 드문드문이나마 시를 읽고 옮겨 쓴다. 이 또한 여행의 유산이리라.

우리에게서 여행을 빼앗아 갔던 코로나 팬데믹이 끝이 났다. 종식이 아니라 바이러스와 함께 살아가는 것으로.

틈만 나면 여행을 가곤 하는 내가, 그토록 오랫동안 여행을 가지 못했던 적이 있었나 싶다. 일종의 금단 현상처럼 좀이 쑤시고 우울한 마음이 일기도 했었다. 그때는 여행 대신 여행 책을 읽으며 지냈었다. 신간도 몇 권 읽었고, 사 놓고 그동안 읽지 못했던 책도 여럿 읽었지만, 읽은 지 10년, 20년이 지난 여행기를 다시 꺼내어 읽는 맛이 좋았다. 출간한 지 오래됐음에도 여전히 빛나는 문장과 사유를 품은 여행 문학의 고전이 될만한 책이었다. 나를 여행하는 사람으로 이끌어준 고마운 책들인데, 딱 다섯 권만 꼽자면 소설가 김훈이 자전거로 전국 산천을 누빈 여정을 기록한 『자전거 여행』, 재일조선인 인문학자 서경식이 쓴 『디아스포라 기행』, 소설가 김형경의 심리학 여행 에세이 『사람풍경』, 일본의 전설적인 탐험가 나오미 우에무라가 쓴 『청춘을 산에 걸고』, 세계에서 가장 재밌는 여행작가라 불리는 빌 브라이슨의 『나를 부르는 숲』을 들고 싶다. 독서는 책상 위에 펼쳐진 여행이고, 여행은 길 위에서 하는 독서라고 한다. 새로운 지식을 만나 새로운 삶의 태도를 만든다는 측면에서 여행과 독서는 하나로 이어져 있는 것만 같다.

"나는 도시가 품고 있는 이야기를 들으면서 새로운 것을 배운다. 나 자신과 인간과 우리의 삶에 대해 여러 감정을 맛본다. 그게 좋아서 여행을 한다. 그러려면 도시가 하는 말을 알아들을 수 있어야 한다. 건축물과 박물관, 미술관,

길과 공원, 도시의 모든 것은 '텍스트'일 뿐이다."
– 유시민, 『유럽 도시 기행』 중

읽으며 무릎을 쳤던 대목이다. 유시민 작가는 한 도시의 역사와
구조를 전체적으로 이해하기 위해서는 반드시 책을 읽어야
한다고 말한다. 도시는 하루아침에 생겨나는 것이 아니다.
도시를 이루는 공간과 구조물, 분위기는 시간을 두고 켜켜이
쌓이기 때문이다. 거기엔 도시 구성원들의 생각과 감정, 욕망과
처지가 누적되어 있다. 그것들을 탐구하며 들추어보려 하지
않는 여행자에게 도시는 껍데기만을 보여줄 뿐, 진면목을
보여주지 않는다. 유시민 작가는 도시 자체가 텍스트라는 것을
깨달았다고 한다. 그리고 도시의 역사와 구조를 전체적으로
이해하려면 책을 읽어야 한다고 말한다. 텍스트는 이미지와
달리 즉각적으로 보이는 것이 아니다. 의지를 가지고
능동적으로 읽어야만 이해할 수 있다. 그리고 하나의 텍스트를
제대로 이해하기 위해서는 여러 가지 다른 텍스트를 함께
찾아봐야 하는 경우가 많다. 여행의 경험을 온전히 자기 것으로
만들기 위해선 독서 또한 게을리할 수 없는 것이다. 언젠가 시절
인연이 닿는다면, 여행 문학의 독후감을 묶은 책을 쓰고 싶다.
　　팬데믹 시절 동안 몸은 여행을 떠나지 못했지만, 마음과
머리로 여행을 다니며 그럭저럭 견뎌냈다. 그동안 세상에
여행 이야기를 꺼내놓기가 민망해 숨고르기를 하며 기다리던
글들을 이제야 내 놓게 되었다. 지난한 시절을 인내해낸 모든

여행자들에게 인사를 건네는 책이 되기를 바란다.

이탈리아,
나폴리

미국, 뉴욕, 모마

미국, 뉴욕

체코, 프라하,
카페 슬라비아

스위스, 취리히,
젝세로아텐 광장

스페인, 마드리드,
레이나소피아
미술관 앞 광장

루마니아,
부쿠레슈티

미국, 뉴욕

미국, 뉴욕

스위스, 취리히

프랑스에서
스위스로 가는,
오트루트

스페인,
산티아고 순례길

미국,
샌프란시스코

스페인,
산티아고 순례길

프랑스, 마르세유

프랑스, 마르세유

독일,
프랑크푸르트

독일,
프랑크푸르트

독일,
프랑크푸르트

 미국, 뉴욕, 모마

 프랑스, 파리,
루브르 박물관

 독일, 베를린

 네덜란드,
암스테르담,
국립 미술관

 미국, 뉴욕,
휘트니 미술관

 독일, 베를린

 에스토니아, 탈린

 폴란드, 바르샤바

 크로아티아,
두브로부니크

 폴란드, 바르샤바

튀르키예,
이스탄불

이탈리아, 나폴리

이탈리아, 로마

이탈리아, 로마

이탈리아, 로마

미국, 뉴욕

폴란드, 바르샤바

이탈리아, 로마

프랑스, 파리

네덜란드,
암스테르담

체코, 프라하

체코, 프라하

영국, 런던

미상

미국, 텍사스

프랑스, 파리

이탈리아, 로마

스페인, 팜플로나

스페인, 산티아고

스위스, 체르마트

스페인,
산티아고 순례길

스페인,
산티아고 순례길

스페인,
산티아고 순례길

스페인,
산티아고 순례길

미국, 알래스카
데날리

미국, 알래스카
데날리

미국, 알래스카
데날리

이탈리아, 로마,
트레비 분수

미국, 뉴욕, 모마

스페인,
바르셀로나,
몬주익 분수

미국, 뉴욕,
자유의 여신상

이탈리아, 베니스

루마니아,
부쿠레슈티

루마니아,
부쿠레슈티,
차우세스쿠 궁전

루마니아,
부쿠레슈티

독일, 베를린

독일, 베를린

튀르키예,
이스탄불,
아야소피아 성당

튀르키예,
이스탄불

튀르키예,
이스탄불

튀르키예,
이스탄불

영국, 런던

독일, 베를린,
체크포인트 찰리

캐나다,
나이아가라 폭포

스페인,
산티아고 순례길

스페인,
산티아고 순례길

스페인,
바르셀로나,
샤그라다 파밀리아
성당

스페인,
바르셀로나,
카사 바트요

폴란드, 바르샤바,
성요한 대성당

프랑스, 파리,
시네마테크

에스토니아, 탈린

폴란드, 바르샤바

폴란드, 바르샤바

독일,
프랑크푸르트

미국,
샌프란시스코

이탈리아, 로마

네덜란드,
암스테르담,
국립미술관

이탈리아, 로마

이탈리아, 나폴리

이탈리아, 베니스

이탈리아, 나폴리

이탈리아, 베니스

미국, 뉴욕

스위스, 로잔

독일, 베를린

미국, 시애틀

독일, 베를린

프랑스, 파리

영국, 런던

프랑스, 파리

미국, 시애틀

미국, 뉴욕

네덜란드,
암스테르담,
담광장

스페인,
바르셀로나

스페인, 산티아고

스페인,
산티아고 순례길

독일,
프랑크푸르트

이탈리아, 베니스

독일, 베를린

스페인,
산티아고 순례길

영국, 런던

영국, 런던

프랑스, 파리,
루브르 박물관

독일, 베를린,
빌헬름 카이저
교회

미국, 뉴욕

스위스, 취리히,
프라이탁 본사
사옥

네덜란드,
암스테르담

네덜란드,
암스테르담

네덜란드,
암스테르담

미국, 알래스카,
데날리

러시아,
블라디보스토크

폴란드, 바르샤바

스페인,
산티아고 순례길

스페인,
산티아고 순례길

프랑스에서
스위스로 가는,
오트루트

프랑스, 샤모니

프랑스에서
스위스로 가는,
오트루트

미국,
샌프란시스코

미국, 뉴욕

미국, 시애틀

크로아티아,
스플리트

미국, LA

이탈리아, 나폴리

미국, 시애틀

미국, 뉴욕

스위스, 취리히

미국, 뉴욕

스페인,
바르셀로나

이탈리아, 베니스

이탈리아, 베니스

네덜란드,
암스테르담

에스토니아, 탈린

미국,
샌프란시스코

미국,
샌프란시스코

폴란드, 바르샤바

체코, 프라하

미국, LA

스위스, 취리히

미국, 알래스카,
데날리

미국, 뉴욕

프랑스, 파리

미국,
샌프란시스코

폴란드, 바르샤바

프랑스, 미상

크로아티아,
스플리트

크로아티아,
플리트비체
국립공원

크로아티아,
스플리트

크로아티아,
두브로브니크

스위스, 로잔

스페인,
바르셀로나

스페인,
산티아고 순례길

대한민국, 제주

프랑스에서
스위스로 가는,
오트루트

프랑스, 샤모니

스위스, 로잔,
레만 호수

영국, 런던,
London eye

러시아,
블라디보스토크

미국, 텍사스,
맥도날드 천문대

미국, 모하비 사막

미국,
샌프란시스코,
금문교

여행하는 낱말

초판 1쇄 발행
2023년 12월 30일

지은이 · 사진   박 로드리고 세희
펴낸이   김대성
펴낸곳   곳간
               출판 등록: 2021년 10월 25일 (제2021-000015호)
               주소: 부산시 중구 동광길 42 6층 601호
               Email: goatganbooks@gmail.com
               Fax: 0504-333-1624
               인스타그램: goatganbooks
               페이스북: goatganbooks
편집   김대성
디자인   그린그림(박성진)

ISBN
979-11-978685-2-8 03800
₩ 19,500원

2023년 부산광역시·부산정보산업진흥원 출판 제작 지원작